感悟一生的故事

推理 故事

曹金洪　编著

北方妇女儿童出版社

·长春·

图书在版编目（CIP）数据

推理故事 / 曹金洪编著 . -- 长春 : 北方妇女儿童
出版社, 2010.6（2024.3重印）
　（感悟一生的故事）
　ISBN 978-7-5385-4672-9

　Ⅰ.①推… Ⅱ.①曹… Ⅲ.①故事－作品集－世界
Ⅳ.①I14

中国版本图书馆CIP数据核字(2010)第083516号

推理故事
TUILI GUSHI

出 版 人	师晓晖
策 划 人	陶　然
责任编辑	于　潇　刘聪聪
开　　本	710mm×1000mm　1/16
印　　张	11.5
字　　数	200千字
版　　次	2010年6月第1版
印　　次	2024年3月第6次印刷
印　　刷	旭辉印务（天津）有限公司
出　　版	北方妇女儿童出版社
发　　行	北方妇女儿童出版社
地　　址	长春市福祉大路5788号
电　　话	总编办：0431-81629600

定　　价　49.80元

前言

　　是浮华的风带不走燥热的怅然，是盲动的雷也震不醒驿动的灵魂。这世间的一切，太多的幻想，太多的浮华，太多的……只有呼吸着的每一天，才感受到她的价值，她的真实。此刻，生命对于我们来说，只有一次，可以把握，可以珍惜。

　　于万千红尘中，我们不停地奔波着，劳碌着，快乐着也痛苦着，其目的就是为着生活，为着活着的质量。是血浓于水的亲情带着我们赤裸裸地来到这个尘世，当我们响亮的第一次啼哭，带给父母这一辈子最动听的音乐的同时，我们便与亲情紧密相连，永不可分了。也许前行的路荆棘丛生，也许前行的路坑坑洼洼，也许前行的路一马平川，但我们只要带着亲人们真切的惦念，带着亲人们殷殷的祈盼，就不会迷失前进的方向，就不会沉沦于泥潭沼泽里而不能自拔。

　　历经人生沧桑时，或许有种失落感，或许感到形单影只，这时，总会有一种朋友，无须形影相随，无须感天动地，无须多言，便心灵交汇，又能获得心灵的慰藉；在饱受风霜时，总会有一种朋友，无须大肆渲染，无须礼尚往来，无须唯美的表达方式，就能深深地感受到一种力量与信心，就能驱动前行的脚步。朋友无须多而在于精，友情也不必锦上添花，而在于雪中送炭。

　　童话故事里，我们经常看到王子吻醒了沉睡的公主，或是公主吻到中了魔法的青蛙，便可以幸福地结合在一起，永不分开。 在这世上，也许有一份真爱可以彼此刻骨铭心到地老天荒，也许有一种真情彼此生死相依到海枯石烂。而这份真情、这份真爱却因世事的沧桑而深入到人们的骨子里，成为人们心中永恒的痛。

　　爱，有时，真的就是一种感觉，一种魂牵梦萦的感觉；有时，真的就是一种意境，一种心手相携的意境；有时，又会是一种情怀，一种两情相悦的情怀……

也许，真的如他人所说吧，亲情、友情、爱情，抑或其他值得珍惜的情谊，只是一种修为。所有的绝美，也许应该有一个绝美的演绎过程。我们所能做的，就只有把这种"永存"记录下来，让更多人从中获得感悟，获得启迪。

岁月如歌，有一些智慧启发我们的思想；有一些感悟陪伴我们的成长；有一些亲情温暖我们的心房；有一些哲理让我们终生受益；有一些经历让我们心怀感恩……还有一些故事更让我们信心百倍，前进不止。一个个经典的小故事，是灵魂的重铸，是生命的解构，是情感的宣泄，是生机的鸟瞰，是探索的畅想。

这套丛书经过精心筛选，分别从不同角度，用故事记录了人生历程中的绝美演绎。

本套丛书共20本，包括成长故事、励志故事、哲理故事、推理故事、感恩故事、心态故事、青春故事、智慧故事、人格故事、爱情故事、寓言故事、爱心故事、美德故事、真情故事、感恩老师、感悟友情、感悟母爱、感悟父爱、感悟生活、感悟生命，每册书选编了最有价值的文章。读之，如一缕春风，沁人心脾。这些可贵的精神食粮，或许能指引着我们感悟"真""善""美"的真正内涵，守住内心的一份恬静。

通过这套丛书，我们不求每个人都幸福，但求每个人都明白自己在生活。在明白生命的价值后，才能够在经历无数挫折后依然能坦然地生活！

目录 Contents

破 绽

千虑之一失

大难不死

指纹破案

破　绽

关键是桌子上未燃烧完的3支蜡烛。如果如B所说的那样，深夜时还见到A在写作，那蜡烛在A死后应该继续燃烧下去，直到早晨烧完为止。根据现场的情况来看，一定是有人杀死了A，又顺口吹灭了蜡烛。蜡烛只烧去一点点，说明A进书房后不久就被杀害，B却说深夜曾送咖啡到书房，这足以证明他在说谎。

因疏忽露出的马脚

语 梅

两名武装歹徒冲进一家银行，抢了钱后，立即乘一辆福特车逃跑了。一个银行职员记下了车子的号码。

一刻钟后，布伦茨警长就带着助手赶到了现场。正在他们谈论案情时，突然发现了要找的那辆福特车从一辆车子旁掠过。

警官克勒姆叫了起来："这不可能，车子的牌号、颜色、车号都对。"他们超到前面，将车拦下。车中是一位年轻男子，名叫西格马尔。布伦茨警长对西格马尔进行了审问。虽然发现他跟这一起银行抢劫案有关，可是由于他不可能在现场，只能又将他放了。

事后调查，歹徒从那家银行抢走7.5万马克新钞票。

没过几天，又发生了一起银行抢劫案。案发不久，西格马尔正开车通过一个检查站径直往前开。警察拦下他说："你没看见停车牌吗？得罚10马克！"

"下次一定注意。"西格马尔给了警察一张10马克的纸币。

两天后，警方逮捕了他，理由是与银行抢劫案有关。

"不可能，"西格马尔说，"我不在现场！"

　　布伦茨警长佯笑道："但你是主谋。你找了两个朋友，弄了两辆完全相同的车。每次抢劫银行，你就将警方的注意力吸引到自己身上来，他们就趁机跑了。但是，这次你犯了个小小的错误，结果露了马脚！"

　　你能猜出西格马尔在何处露了馅儿吗？

推理 揭秘

　　西格马尔露出的马脚就是用来交罚款的那张10马克纸币。而那张10马克纸币正是被抢劫的7.5万马克新钞票中的一张。警方抓住了西格马尔露出的破绽，并将他逮捕。

有耐心的将军

秋 旋

这是在第二次世界大战中发生的真实故事。

德军占领法国后，亲纳粹的法国民族败类组成了伪政府，将坚决抗击德军的将领囚禁起来。一位年事已高的日罗将军被关在一座古堡里，古堡的三面都有重兵把守，另一面是50米的悬崖峭壁，伪政府官员还是不放心，又派了一个老兵住在古堡里看守着他。

那名老兵由于年纪已经很大，又和日罗将军同住在这座孤立的古堡中，很有点儿同病相怜的感觉。终于，有一天这位老兵主动说："将军，如果你有什么要求，只要我能办到的，一定替你办！"

"那麻烦你让我太太经常给送些通心粉来，我可是会做好多种通心粉呢！这样我们俩可以一起吃我亲手做的饭了，我们这把年纪要多保重身体，我还想从这古堡里活着出去呢。"

"好吧，将军，不过，你可别用通心粉结成绳子从峭壁上逃跑呀！哈！哈！"老兵开玩笑地说。

但过了两年，日罗将军真的非常巧妙地逃出了这座古堡。

究竟他是怎样从那段50米高峭壁上脱身的呢？

推理揭秘

　　原来老将军太太送来的通心粉中藏有放风筝的线及铁丝。日罗将军用了两年时间，耐心地将这些材料制成50米长的坚固绳索，利用它爬下悬崖。

锁进保险柜里的证据

诗　槐

有一天晚上，A正在办公室里独自饮酒，突然有个汉子闯了进来。

"别动，我要杀死你！"

说着那汉子拿出了手枪，马上就要扣动扳机，A却若无其事地说："先等一等，我想知道是谁叫你来杀我的？"

"这个……你，你不必问，那人要付给我一大笔钱。"

"那么，我出3倍的钱，买自己的命，你看如何？"

这汉子一听A要出3倍的钱，心动了。

A又倒了一杯酒，说："来一杯吧，我说话算话。"

那汉子接过酒一饮而进，但手中的枪仍然对着A。

A指着保险柜说："钱就在柜子里，你……"

"你自己打开它吧。……不！慢点儿，那里面有枪吗？"那汉子说。

"绝不可能！再说你可以自己把钱拿出来。"A边说边打开保险柜，那个汉子把一叠装有钞票的信封拿出来。当那人在看信封中有多少钞票时，A把保险柜的钥匙和酒杯放进保险柜里面，然后关上保险柜的门。

A立即转身对那汉子说："信封里面没多少钱，但你现在不敢杀我了。如果我死了，警方会立即把你拘捕，因为保险柜里锁着你留下来的重要证据。"

那汉子先是一愣，然后要发火，但最终还是乖乖地溜走了。

请你想想，保险柜中锁着什么证据呢？

推理揭秘

机智的A把玻璃杯和钥匙一同锁进保险柜，玻璃杯就是唯一、且能够留下来的重要的证据，因为那个汉子的指纹和唾液都留在了玻璃杯上，这就能使警方很快破案。

特殊炸药

忆 莲

在夜深人静的时候，突然"轰"的一声巨响，全村的人都从睡梦中惊醒过来。人们跑到屋外一看，原来是农场主A的仓库里发生了爆炸。

当警察赶到现场时，火已经被扑灭了，警方意外地发现仓库内除了烧剩下的一些农药、煤油，还有就是农场主A的尸体——他的手里还拿着一盘蚊香。在仓库里存放稻草本来就够奇怪的，拿着蚊香进仓库就更令人百思不解，难道A想到仓库里熏蚊子吗？别说这不必要，再说A是出名的小气鬼，他怎么会舍得白白点蚊香呢？当警方问到A会不会自杀时，村民们异口同声地都说不会。A最近一直很高兴，还打算过几天到外地去旅游，情绪很高，再说他上个月刚把自己的财产保了险，怎么会想去死呢？

警方经过调查，认为A有以下疑点：

①A为什么把蚊香拿进仓库里？

②一向很富有的A的仓库里为什么那么空？

③仓库中的那种农药和煤油混在一起，遇明火很容易爆炸，这次的爆炸就是它们引起的。A是化学知识很丰富的人，为什么还会把它们放在一起呢？

　　讲到这里，很多村民都知道爆炸发生的原因和A为什么会死了，你猜到了吗？

推理揭秘

　　贪心的农场主A企图烧掉仓库以骗取保险金。他的如意算盘是，准备用蚊香延长引爆时间，以造成自己不在场的假证，但一时不小心，炸死了自己。

破 绽

佚 名

A是一个十分怪僻的作家，他性格孤独，所写小说的情节也都非常离奇。他总是在一间密室书房里写作，这间书房没有窗户，也不安装电灯，使用一种定做的蜡烛照明，1支蜡烛可以燃烧12小时，他每次都同时点着3支蜡烛，坐下一写就是12小时，等蜡烛一熄灭，他也就不写了。

一天清晨，警方接到电话，说A突然死在书房里。报警的是他的用人B，他是唯一被允许进入作家书房的人。

他对警方说："主人昨天吃过晚饭就进书房写作，半夜时，我进去送过一次咖啡，见主人还在写作，但等我早晨醒来再去送咖啡时，他已经死了。"

A的死因似乎是心脏病，大家也知道他有心脏病，但并不很严重，常给他看病的医生认为病况不足以致死。正在大家讨论心脏病时，爱动脑筋的警长仔细看了一遍房中的情形，却突然说道："有人在昨晚杀死了A，凶手就是用人B。"B的脸色立刻变得苍白，他不知道什么地方露出破绽，使警长发现他是杀人犯。这间房子里什么地方使警长断定A不是自然死亡呢？为什么说罪犯就是B呢？

推理 揭秘

　　关键是桌子上未燃烧完的3支蜡烛。如果如B所说的那样，深夜时还见到A在写作，那蜡烛在A死后应该继续燃烧下去，直到早晨烧完为止。根据现场的情况来看，一定是有人杀死了A，又顺口吹灭了蜡烛。蜡烛只烧去一点点，说明A进书房后不久就被杀害，B却说深夜曾送咖啡到书房，这足以证明他在说谎。

珍妮的妙计

雁 丹

在一幢住宅之中，一男一女正在激烈地争吵。男的名叫杰克，是一个逃犯，女的叫珍妮，是杰克原来的女朋友。

后来因为杰克不务正业，他们就分手了。杰克刚从监狱里跑出来，他需要钱，因此就来找珍妮勒索钱财。

"杰克，我不怕你。"珍妮说，"只要我一喊，邻居们就会赶来把你送到警察局。""你如果敢喊邻居，我就先杀死你。"杰克恐吓地说，并抽出一把匕首。

珍妮无奈，只好把所有的钱都拿出来。她对杰克说："现在钱已经到你手了，我没你力气大，又不敢喊，你可以放心地走了。不过，走之前你能陪我喝一杯酒吗？"她到厨房里倒了一杯酒，加了冰，递给杰克。

杰克怕珍妮在酒里下毒，不想喝这杯酒。珍妮说："你放心好了，我先喝一口。"她果然先喝了一口。

杰克看珍妮喝了没事儿，胆子大了，他接过酒来一饮而尽。

但是，他马上觉得头重脚轻，原来珍妮下了烈性麻醉药，他立刻昏倒在地上。

珍妮马上报警，把杰克拘捕起来。

珍妮把麻醉药放在什么地方，才可以不把自己麻醉倒，而又使对方中计呢？

推理 揭秘

　　珍妮把麻醉药品只涂在了酒杯的一边，她自己用的是没有麻药的一边，而交给对方时正好是酒杯的另一边，因此，杰克就被麻醉倒了。珍妮真够机智的。

驯兽女郎之死

佚 名

玛丽是马戏团的驯兽女郎，她的拿手好戏就是把头放在狮子的大嘴之中。

她表演这样的绝技已经有几百次了，从来没失过手。

这天晚上，又轮到她出场表演。表演前，她在化妆室中化妆。最后，她像往常一样，在头发上擦了些油，使头发在射灯下变得更光亮。

在一阵激烈的鼓声中，玛丽把头伸进了由她一手训练好的雄狮嘴中。突然之间，这只雄狮竟然做出一种很奇怪的表情，猛然把嘴合上了，可怜的玛丽因此而丧命。

事件发生以后，警方立即进行调查。

很多人认为这是意外事故，是由于狮子突然野性发作而将玛丽咬死，但经过仔细观察，却并没有发现狮子有任何异常现象。并且警察从调查中了解到，在事发前一晚，马戏团的艺员保罗曾向玛丽求婚遭到拒绝，保罗当时恐吓说要杀死玛丽。在玛丽最后一次演出化妆前，有人见到保罗手里拿着一个玻璃杯偷偷溜入玛丽的化妆室。多种迹象都表明保罗可能与此案有关，于是警察再次搜查玛丽的化妆室，终于发现秘密就在那瓶发油上。

你猜到是怎么回事了吗？

推理揭秘

　　保罗向那瓶发油里加了一些刺激性油剂，当玛丽把头伸进狮子口中时，狮子受到刺激，忍不住要打喷嚏，当时脸上出现的奇怪表情就是这个原因，接着狮子因为控制不住就猛然把嘴合上。

电扇飞转

采 青

4月上旬，巴黎集邮爱好者协会举办珍贵邮票展览，除了协会的会员外，一般人不得入内。负责看守展品的，也都是协会的会员。在陈列的展品中，有一些是价值连城的珍品。如果让外行人来参观或管理，就有丢失的可能。现在出入的人都是协会会员，集邮爱好者协会以为这样就能万无一失了。

不料还是出了事，有个负责看守展品的会员监守自盗，偷走了一张珍贵的邮票。协会主席只好向警方报案。

警长保罗带着人来侦破此案。他立即封锁整幢大楼，不让人进出。根据现场调查分析，住在三楼308号房间的佛朗西斯最可疑。

308号房间里有一张桌子，一个床头柜，一张沙发，一个衣柜。桌上放着一台电风扇。瘦瘦的佛朗西斯一见警长保罗带着警察进来，马上殷勤地打开电风扇开关，同时把床头柜、衣柜的门都打开，表现出心底无私的样子。

保罗警长也不客气，把这个房间里的所有东西都翻了个遍，每一条缝隙都不放过，但是并没有找到那张邮票。保罗发现，自己在进行搜查时，佛朗西斯的表情有点儿紧张，站在那台飞速旋转的电风扇前还不停地擦汗。保罗故意问："你很怕热吗？"佛朗西斯咧嘴一笑，点点头。

保罗心中更有数了，他知道佛朗西斯把邮票藏在哪儿了。

请问，邮票藏在哪里？保罗警长是怎样知道邮票藏在那儿的！

推理揭秘

才4月上旬，佛朗西斯就觉得非常热，那是由于心里紧张。原来，佛朗西斯把偷来的邮票贴在了风扇的叶片上，并打开风扇，以为这样别人就看不见邮票了。

谁报的案

佚 名

一天傍晚，某公司经理A独坐在家里，他的朋友B打来电话，两个人刚说了几句话，突然A家的门铃响起来。

"请等一下，我先去开门。"

门开了，闯进一个戴墨镜的家伙，一拳将A打倒。不速之客一句话也不讲，用一根木棒向A的头上猛击。A立刻倒在血泊中，倒下之前他喊了一声"救命"！但声音十分微弱，邻居们谁也不会听到。犯罪嫌疑人奔向保险箱，想窃取里面的钱财。

但出乎犯罪嫌疑人的意料，没等他把东西拿走，警察就赶到了现场。

请问警察是怎么知道的？是谁报的案？

推理揭秘

报案者就是和经理A通电话的人。当对方在等电话时，听到话筒中传来"救命"的喊声，就立即向警方报了案。

深夜追踪

向　晴

深秋，午夜过后，刑警竹内在空无人迹的住宅区内巡逻。突然，一个男子从胡同里蹿了出来，差一点儿和竹内撞个满怀。幸亏竹内躲闪得快，但那男子带的手提皮包碰到竹内的腰，掉到了地上。

那男子迅速拾起皮包，像兔子一样跑掉了。因天黑，竹内没看清面孔，只记得是个戴着墨镜、留着大胡子的家伙。竹内刑警觉得可疑，想追上去询问，但那家伙跑得很快，一会儿就钻进150米以外的一幢楼房里去了。

紧接着，胡同里传来了慌乱的脚步声，又有一个男子跑了出来，见了竹内后忙气喘吁吁地问道："刚才那家伙，往哪儿跑了？"

"那边。"竹内刑警指给他。

"喂，你稍等一下，我是警察，到底发生了什么事？"说着，竹内出示警察证件给他看。

"遇上警察可太好了，请马上给我抓住那个人。那家伙是抢劫出租车的强盗。他打了我的头，抢走了我的现金逃跑了。"说着出租车司机痛苦地用手捂着头后部。

于是，竹内和出租车司机一起朝犯罪嫌疑人钻进去的那幢楼房奔去。

那幢楼房一楼是仓库，紧闭着卷帘门窗，楼两侧有楼梯，上了二楼并排有两个房间。犯罪嫌疑人一定躲藏在其中的一个房间里。

竹内和出租车司机看了看，第一个门牌上写着"山本正夫"。为慎重起见，竹内刑警在敲门之前向司机问道："你见到犯罪嫌疑人的脸，能一下子就认出来吗？"

"不太有把握。他戴着墨镜，留着胡子，但他肯定有一个手提皮包，其他的就记不得了。没想到他会是强盗，上车时我没注意到……"

敲门后好一会儿门才开。一个青年露出头来。司机认真地看着那青年的脸。"下巴上没有胡子，好像不是这个人。"司机毫无信心地摇了摇头。

竹内出示了警察证件后，问道："你是山本吧。今天晚上一直待在家里吗？"

"是的，三个小时前我就开始听立体声唱机了。"

"可是，一点儿声音也没听见啊。"

"我是戴着耳机听的。到底有什么事？"山本不耐烦地反问道。

"刚才有个抢劫犯逃进这座楼房，我们正在追寻他。"

"难道你认为我是那个强盗吗？这种想法真愚蠢！"

"并没有断定就是你。但为慎重起见，请让我们看看你的房间。"竹内刑警不容分说便进了房间。这是个一间一套的房子。在八个铺席搭的房里摆着一套音响，插着耳机。竹内把耳机拿起听了听，耳机里正响着雄壮的交响曲，震得耳朵都疼。

"啊，就是这个手提皮包。"司机一眼看见了放在房间角落里的手提皮包，上去就打开了皮包查看。里面塞满了脏衣服、易拉罐啤酒、方便面和书籍等。

"那是昨天我的一个朋友忘在这儿的。拿

一罐喝吧。"山本说着便取出一罐啤酒拉开盖，啤酒沫一下子喷得他满脸都是，他不由得怪叫了一声，赶紧掏出手帕擦脸。司机笑着看着他，又发现立体音响上放着墨镜。

"你把这个戴上给我看看。"竹内拿起墨镜让山本戴上，司机在一旁认真地看着他。

"倒是很像，但他没有大胡子，还是不能肯定呀。"他很遗憾地嘟囔着。

"你们可不要随便怀疑人呀，我从三个小时前就一直在听贝多芬的曲子。"山本生气地摘下墨镜，"要是你们怀疑我，倒不如去查查住隔壁房间的那个人，那家伙更可疑。那个叫菊地的穷画家。"

竹内和司机于是离开，去了隔壁。敲门后等了一阵子门才开。一个穿着睡衣的男子睡眼惺忪地出来开了门。"哎，这个也没留胡子呀，真怪。"司机看着伸出来的那张脸，很失望。

"到底有什么事？深更半夜的……"菊地没好气地说。

竹内给他看过警察证件后，问道："你是几点睡的觉？"

"现在几点钟了？"

"凌晨1点多。"

"那就是4小时之前，究竟有什么事？"

"我们在找抢劫出租车的强盗。请让我们进房间里看看。"

"别开玩笑了，人家睡得好好的被你们吵起来，要找什么劫出租车的强盗，你们有搜查证吗？"

"要是这样，没办法，请和我们到警察署走一趟吧。"竹内故弄玄虚地这么一说。

"那就随你们的便吧。"菊地很不情愿地把他俩让进屋里。

这也是一间一套的房子。房子里到处是画架、画布，连个下脚的地方也没有。司机见在床下有个手提皮包，打开看了看，里面全是画具和几罐橘汁。

竹内还拉开壁橱的门查看过，没人藏着。菊地冷淡地瞧着他们在屋子里搜查。

"多亏了你们，我连一点儿睡意也没了。"他说着，还打开一罐橘汁喝了起来。

竹内发现在厨房餐桌的盘子里剩有两片苹果，已经去了皮，核儿也已取掉，但苹果却没变色。

"这苹果是什么时候吃过的？"竹内问道。

"睡前。"

"那样的话，苹果不是会变色吗？实际上你一定是刚刚逃回来，为了掩饰，才赶紧削了个苹果的吧？"

"你们如此怀疑我，索性亲口尝尝。"菊地怄气地说。

为慎重起见，竹内拿起一片尝了尝，味道不错。

"走，我知道谁是抢劫犯了。"竹内刑警说得如此果断，倒让司机吃了一惊。

那么，抢劫出租车的强盗是山本，还是菊地呢？有什么证据呢？

推理揭秘

抢劫出租车的强盗就是山本，如果山本说的是真话，那么啤酒应该是一直静静地放在手提包里，打开时不会喷出很多泡沫，只有经过激烈震荡才会有很多泡沫。

自杀还是他杀

宛 彤

警察M是个大个子，身高186厘米。

在没有桌、椅只有一个柜子的房间里，有个男子暴毙了，死者身高是155厘米左右。

据法医验尸，死者喝的是烈性毒药，毒药瓶就放在柜子顶上。警察M踮起脚尖，伸手把瓶子拿了下来。

瓶子里装的果然是那种烈性毒药，瓶盖是打开的，里面只剩下不多的药水。

"这绝不是自杀，而是他杀。"警察M非常自信地说。

他究竟是怎样推断的呢？

推理揭秘

身高186厘米的警察M，还得踮着脚尖才能伸手拿到毒药，试想身高155厘米的死者是如何拿到的呢？而且这种毒药只要服一点儿就会立刻死亡，他服毒后不可能再把毒药放回去，况且室内没有任何可垫高的东西。所以死者绝不是自杀。

智擒秦桧

佚 名

宋朝年间，岳飞和韩世忠、梁红玉夫妇都是抗击金兵的民族英雄。秦桧为了破坏抗金，经常枉费心机地挑拨他们之间的关系。这一天，秦桧来到韩世忠的大营里，说了岳飞好多坏话，韩世忠和梁红玉气得要命，只是碍着秦桧是当朝宰相，不好骂他。秦桧为了达到自己的目的，赖在大营里不走，装作看不出人家不欢迎他。这样呆坐了一会儿，韩世忠突然自言自语："兖州无儿去，下着无头衣，泪水一边流。"梁红玉一听，立刻接下下句："虫子钻到布匹（疋）下。"

秦桧刚听了这几句话时还没有明白，正想问问是什么意思，突然自己猜到了谜底，脸"腾"的一下子红起来，站起身灰溜溜地走了。

你知道韩世忠夫妇所说字谜的谜底是哪两个字吗？

推理揭秘

是"滚蛋"二字。"兖州无儿去，下着无头衣，泪水一边流"，意思就是"兖"字去掉"儿"，加上无头的"衣"，旁边点上三点水，是"滚"字；"虫子钻到布匹（疋）下"，意思就是"疋"下有个"虫"字，是"蛋"字。

奇怪的两声巨响

冷 薇

一天，一艘豪华客轮航行在大西洋的途中，突然触礁沉没。

事前，该客轮曾经保有巨额航海险。失事后，承保的保险公司理应负赔偿之责，但在赔款之前，仍然需要对失事经过、原因等进行详细的调查。

保险公司请求王科长办理此案，但王科长正在办理另一起案件，就委派助手小李办理。

小李先向一位幸存的女客调查。女客说："该轮触礁后，我便登上救生艇离开现场。远远望去，那艘豪华客轮正在逐渐下沉，大约隔了3刻钟后，突然听到'轰'的一声爆炸，轮船便完全沉没下去了。"

小李又问了好几位救生艇上的旅客，他们都是异口同声，回答相同。

后来又问到一位逃生的男客，他的答复与众不同。他说："该轮触礁后，我因善于游泳，便独自跃入水中，向数里外的一座小岛游去。我一会儿仰游，一会儿俯游，大概游了一里多路程，便听到一声巨响，轮船开始沉没。大约再隔数秒钟后，又听到第二次爆炸声……"

"第二次爆炸声，你确定听清楚了？"小李接着问。

"是的，我确定先后听到了两次巨响。"

"你能断定这不是回音吗？"

"不是。假如是回音，应当大家都能听到。"

"真怪，为什么大家只听到一声巨响，唯独他能听到两声巨响？"小李觉得事必有因，顿时觉得案情复杂，难以定案，就暂时告别公司经理，回去向王科长汇报案情去了。

王科长听了小李的汇报，手摸下巴，略一思索，然后笑道："救生艇上很多旅客只听到一声巨响，固然很对；那位游水逃生的男旅客，独自先后听到两声巨响也是不错的。此案就按我说的办就是了……"

小李听后，仍然不解其意，他摸着脑袋急着要求王科长解释其理由。

请问，王科长要说的理由是什么？

推理揭秘

我们都知道，声音在水中的传播速度要比在空气中快5倍，旅客在水里时听到传得快的爆炸声，而浮出水面后又听到了在空中传来比较慢的爆炸声。

选择起诉的地点

冷　柏

康妮小姐因车祸失去了四肢，撞倒她的是美国"全国汽车公司"制造的汽车。在法庭上，尽管有三个目击者证实：虽然司机踩了刹车，但汽车没有停住，而是后部打了个转，把人撞倒了。但全国汽车公司的律师马格雷先生利用警方所掌握的刹车痕迹等许多证据，巧妙地推翻了这些目击者的证词。

而康妮小姐却说不清是她自己在冰上滑倒了，还是被卡车后部撞倒的，只知道自己被卷进卡车底下，碾碎了四肢和骨盆。就这样，她败诉了。

纽约大名鼎鼎的律师詹妮芙·帕克小姐决定出庭为康妮小姐辩护。通过全国计算机中心查明：该汽车公司，近五年来共出过15次车祸，原因全都一样——产品的制动系统有缺陷，急刹车时，车子的后部会打转。随后她又设法搞到该公司卡车生产方面的全部技术资料，做了细致的研究。

詹妮芙找到全国汽车公司的律师马格雷先生，向他指出：在上次审理过程中，马格雷隐瞒了卡车制动装置存在的问题，而她将根据新发现的证据和以对方隐瞒事实为理由，要求重新开庭审理。

马格雷愣了一下，马上问她："那你希望怎么办呢？"

詹妮芙说："我希望能找到一种合理的解决办法，稍稍弥补一下那可怜的姑娘遭到的损失。汽车公司得拿出200万美元给那位姑娘。但如果你逼得我们不得不去控告的话，我们将要求500万美元的抚恤金。"

马格雷说："好吧！明天我要去伦敦了，一个星期后回来。到时候，我也许会做出某种安排的。"

谁知到了约定的那天，马格雷却让秘书打电话给詹妮芙，说他整天开会，无法脱身，请她原谅。詹妮芙忽然想起诉讼时效的问题，一查，康妮案件的诉讼时效恰好在这一天届满。她知道自己上当了，但她还是给马格雷挂了个电话。

马格雷在电话里哈哈大笑说："小姐，诉讼时效今天过期了，谁也无法控告我啦！请转告你的当事人，祝她下次交上好运。"

詹妮芙气得浑身发抖，她抬头看了看墙上的钟，已经是下午4点了。如果上诉，必须赶在5点以前向法院提出。她问秘书："你准备这份案卷需要多长时间？"

秘书说："需要三四个小时。"

"全国汽车公司不是在美国各地都有分公司吗？我们在旧金山对他们提出起诉，以后再提出需要改变审判的地点，那里现在是下午1点钟。"

"来不及了。文件都在我们手上，即使我们在旧金山找到一家律师事务所，向他们扼要地说明事实，再由他们草拟新文件，也决不可能在5点钟之前完成。"

急中生智，詹妮芙终于想出了一个好办法为诉讼赢得了宝贵的时间。最后结局是：詹妮芙小姐胜诉，全国汽车总公司赔偿康妮小姐600万美元。

你知道她想出了什么办法吗？

推理揭秘

　　她想到了可以把起诉起点往西移，因为隔一个时区就差一个小时。夏威夷和纽约差5个小时，在夏威夷控告，就能赢得半天的控诉时间。

不翼而飞

偷钱者将第二个抽屉拉开，伸手从第三个抽屉中把钱偷走。因为抽屉上下是相通的，虽然第三个抽屉上安了锁，但第二个抽屉没有锁。

聪明的化妆师

凝 丝

　　一个小伙子冒充送电报的，挤进了电影制片厂大化妆师的家。他从腰间抽出一把匕首，说："如果您老老实实按照我说的去做，就不会伤您半根毫毛，只要施展一下您的手艺就行了。耍一下手艺不会缩短您的寿命吧？"

　　这位日本著名女化妆师的化妆技术很高明，墙上挂着的几张电影明星的剧照，就是经过她化妆后拍摄的，可算得上是艺术佳品。瞧，那个40岁的男演员，经过她那双灵巧的手化妆，就变成了一位二十多岁的青年小伙子。旁边的那一位，本来是眉清目秀的姑娘，现在却成了白发苍苍的老妪。另外，还有一张男扮女装的演员剧照，不管从哪个角度看，都看不出半点破绽。

　　现在，那个青年人凶恶地说："我进监狱已经将近半年了，监狱生活，真叫人难受。今天，我逃了出来，可不愿意再回到那鬼地方去了，我要请您把我的脸化装一下！"

　　大化妆师朝他手里的匕首瞥了一眼，顺从地说："那么，你准备化妆成什么模样呢？有了，把您化妆成一个女人，行吗？"

　　"不行，脸变成女人，以后一切不大方便。还是想个办法，把我的脸变个样子就行了。"

"那好办，把您变成一个面目可憎的中年人，行吗？"

"行。"

一会儿，镜子里映出了一张肤色黝黑、目光凶狠的中年男子的脸。

"怎么样，这模样满意了吗？"

"不错，连我自己都认不出来了。"

逃犯把大化妆师捆了起来，又拿一块毛巾塞住了她的嘴，然后带着一张变形的脸，推开门走了。

过了片刻，一群警察来到大化妆师的家，替她松绑，对她说："多亏您帮忙，我们才把这个家伙捉拿归案。您受苦了！"

化妆师说："我也在祈祷，希望尽快把逃犯缉拿归案。不过，那个家伙无论如何也不知道自己怎么会被抓住。"

你知道逃犯怎么会这么快就被警察抓住的吗？

推理揭秘

女化妆师是仿照其他通缉犯的照片来化妆的。她把杀人犯的那张脸型移到这个逃犯的脸上，同样都是被通缉的对象，使得警察一下子就盯上了他。

不翼而飞的王冠

碧 巧

古董收藏家史密斯的家里来了一个电话。

"是史密斯先生吗？"

"是我，您是哪一位？"

"我是大盗巴特勒。"

史密斯的脸痛苦地抽动着。

"又是恶作剧瞎打电话吧，要是没事我就挂电话了。"

"别、别挂，我不是恶作剧。跟你实话实说吧，我是看上了您珍藏的那个埃及王冠。"

史密斯的脸刷地变得苍白。这个埃及王冠是件稀世珍宝。王冠上面镶嵌着二十几颗五光十色的珠宝，有钻石、红宝石、绿宝石、蓝宝石，其中尤以王冠正面镶嵌的一颗大钻石最为珍贵。埃及王冠现收藏在史密斯书房的保险柜里。保险柜是特制的，极其坚固。

"今天我就去取，你报告警察也无妨，恐怕他们也帮不上你什么忙。不过，你锁在保险柜里很不安全，连没了你都不知道。总之，你要多留神，回头见。"

电话挂上了。大惊失色的史密斯慌忙报了警。

十几分钟后，彼得队长率领10名警察赶到史密斯家。

"我是警察彼得，已在贵府里外布置了人员，请您放心。"

史密斯紧张的心稍稍收回一点儿。

"埃及王冠是放在那个保险柜里吧？"彼得指着书房角落的保险柜说。

"是的，平时总是寄放在银行租用的保险柜里，因明晚有个朋友想来看看，这才从银行取回来。噢，对了，趁你们在这里，还是确认一下保险柜为好。"史密斯还清楚地记着巴特勒说过的话，所以他要打开保险柜看一下埃及王冠是否还在。

"啊，太漂亮了！"警察彼得不由得叫出声来。史密斯从保险柜里取出的"所罗门王冠"五光十色、光彩夺目。警察彼得做梦也没有想到，世界上竟有如此漂亮的东西。

事情就发生在这一瞬间。突然，房间里的灯灭了，四周变得一片漆黑，接着就听见窗外传来一声枪响。

屋内的人都不约而同地拥向窗边。彼得向窗外大喊了一声："到底出了什么事？"

在窗外监视的警察慌里慌张地报告："院子的角落里突然蹿出一个可疑的身影，朝天开了一枪就跑掉了。"

"该不是见戒备森严一气之下就放了一枪吧。"警察彼得心想。

很快，电来了，屋里又亮了起来。是有人在屋外的电门上做了手脚。

就在这同时，史密斯悲伤地惊叫起来："哪儿去了？埃及王冠不见了！"

刚刚还在桌子上的王冠已不翼而飞。

"真、真见鬼了！房间都上着锁，所有通道都有人把守……"

警察彼得对在场的5个人都仔细进行了搜身，没有发现王冠。

那么，大盗巴特勒是如何从戒备森严的房间里盗走王冠的呢？

推理揭秘

巴勒特事先潜藏在房间的椅子里，而他的同伴则在外面断电和放枪进行干扰。当断电以后，众人都被枪声吸引到窗前，而在此时巴勒特就趁机拿到了王冠。

豆腐能打伤人吗

静 松

一个酒气熏天的男子，走进派出所投案，他哭啼地说道："我刚才失手打了人。"

那男子说道："我和朋友酒后打赌，说可以用豆腐打伤人，他不相信，我就用豆腐把他打伤了。"

警察不相信他："你是喝得太多了，说胡话吧！"

男子说："不是，真打伤了！不信，我带你们去看看。"

男子带着警察，来到一栋住所，只见客厅里躺着一个头破血流的男子，地上是一块碎了的豆腐，地毯也湿了一大片。

警察被弄糊涂了，难道豆腐真可以把人打伤吗？

请你动脑筋帮助想想看。

推理揭秘

喝醉酒的男子说的是真话，因为这块豆腐是冻豆腐。冻豆腐很硬，可以伤人。我们进一步想想看，如果是一块普通的豆腐，地毯也绝不会湿一大片。

半杯威士忌

芷 安

马隆是一位性情开朗、嗜酒如命的侦探。他的职业是律师，常常在酒吧里喝得烂醉如泥，但许多案件往往就是在这种时候撞到他的手里。

这天晚上，马隆又到酒吧里去喝酒。这位侦探喝酒从来不吃菜，他喜欢坐在酒吧柜前喝威士忌，一边喝一边跟老板聊天。这家酒吧的老板名叫杰米，是一个和蔼可亲的生意人。

当马隆喝完第三杯威士忌时，老板的弟弟汤米走了进来。"汤米！好久不见了，来！我们干一杯！"杰米兑好了两杯掺有苏打水和冰块的混合威士忌，将其中的一杯递给了弟弟汤米，举起另一杯，说，"为你的到来干一杯！"汤米在酒吧凳上坐下，看了哥哥一眼，却没有去接那杯酒，杰米手中的那杯酒喝干了，汤米还是没有沾给他的这杯酒。

"你为什么不喝呢？是怕我投毒吗？那好，你要是信不过我，我先喝给你看！"说着，杰米端起酒杯就喝了一大口，喝完半杯，才把酒杯递给汤米。"怎么样，这下你可以放心喝了吧？"他笑着说。

马隆知道其中的缘由。原来他们是同父异母的兄弟，因为继承遗产而正在打官司，所以，弟弟汤米怕被哥哥毒死，他是不会轻易喝哥哥兑的酒的。

由于酒吧前有顾客，当着那么多人的面，汤米也不好当众给哥哥难堪；同时，他看到哥哥喝了那杯酒之后并没有什么异样，也就打消了疑虑，小心翼翼地端起酒杯，慢慢地喝起那剩下的半杯威士忌。

这时，马隆已喝完第四杯威士忌。当他正要喝第五杯时，汤米突然倒在了自己身上。马隆扶起汤米一看，他已经死了。杰米奔出酒吧柜台，请求马隆帮他把弟弟送入医院，并希望马隆作为目击者证实一点：汤米之死与那杯刚喝下的酒无关。

这突如其来的死亡事件使马隆感到惊愕万分。同一酒杯中的混合威士忌，兄弟两人各喝一半，为什么哥哥喝了没事，而弟弟却突然死了呢？

喝得半醉的马隆，凭着直觉就能断定投毒的一定是杰米，但一切需要证据。经验告诉马隆：有的凶手往往事先喝解毒剂，而后再玩与对方"共饮一杯酒"的把戏。马隆立即从酒吧柜台上取过杰米喝第一杯酒的那只酒杯，检验酒杯的残液中是否含有解毒剂——化验结果令人失望，残液中丝毫不含任何解毒药剂。马隆又想道："共饮一杯酒"还有一种情况，如果凶手和被害者之间只要有一个是左撇子，那么，两人使用大啤酒杯对饮时，由于拿杯子的手是一左一右，两人接触嘴唇的杯沿也必定是一人一边。凶手只要把毒药预先涂在对方喝的一边的杯沿上，就可以巧妙地玩"共饮一杯酒"的杀人诡计。于是，马隆提议赶来破案的警察化验杯子的杯沿。化验的结果又使马隆感到难堪，杯沿上并没涂过什么毒药。

这时，杰米对马隆嘲笑道："马隆，我看您还是再喝一杯酒吧！这样您或许会更清醒一些，祝你抓到真正的凶手！"

马隆于是开始喝第五杯威士忌。他的头脑开始发热，便要杰米往他的酒杯里放三颗冰块。由于喝得太猛，马隆一口气喝完了杯中的

酒，而冰块还没有融化。马隆真有点儿醉了，他半睁开蒙眬的醉眼，看着空酒杯中的冰块在灯光下泛着白光。

"马隆，您还想再喝吗？"杰米的声音有些异样，"我想，只有你能证实我是无罪的。"

"不！我已经识破了你的诡计！你就是毒杀自己亲弟弟的凶手！"

你明白这是怎么回事吗？

推理揭秘

杰米将无色透明的毒剂注入冰块中心。当冰块结冻后，混入给弟弟喝的那杯酒中。由于弟弟喝得比较慢，当冰块融化了以后，毒液便释放出来，因此是杰米毒死了弟弟。

消失的足迹

雪 翠

一个刚刚下过雨的夜晚，在K公园里有位身材很矮小的女子遭人杀害了，是被凶犯用刀从背后刺入的。

因为下了雨，所以地面变得十分泥泞，在地面上很清楚地留下死者的脚印和另一个男子的大脚印。由这个大脚印来判断，凶手必定是个长得十分高大的男人。

不过，令警方感到不可思议的是，在这杀人现场只留下凶手杀人后逃跑的足迹。

那么，在作案前，他是如何来到现场的呢？他肯定不是坐直升机空降下来的，而是一步步走过来的。

推理揭秘

其实道理很简单，凶手早在下雨之前就已经埋伏在了现场。当被害者到达现场之后，凶手就将其残忍地杀害了，所以现场没有留下凶手来的时候的任何足迹。

通缉犯的发型之谜

沛 南

　　一天，小林警官垂头丧气地来到罗波的侦探事务所。

　　"罗波，你要是发现了这个家伙就通知我。这是通缉犯的剪拼照片。"小林说着从上衣口袋里掏出一张照片递给罗波侦探看。照片上的人留着分头。

　　"这个人犯了什么案？"

　　"这一个月来，夏威夷接连有几家饭店遭到怪盗的洗劫。这个怪盗的作案特征是专门趁日本游客洗海水浴的空隙，潜入客房盗窃现金和宝石。终有一天该他不走运。四天前，他在行窃时被饭店的服务员发现，但他打倒服务员后逃跑了，接着似乎是乘飞机逃到东京来了。所以，夏威夷警方根据服务员的证词，给犯人画了像，请我们协助追捕。"小林警官把情况大致说了说。

　　罗波侦探认真地看着照片，接着惊叫道："哎呀！要是这个家伙，我还真知道。就是昨天才搬进这家公寓4楼的那个人。"

　　"噢，这么巧？"

　　"是的，脸非常像。只是发型有点儿不同。"

　　"不管怎么样。咱们还是去看看。你带我去吧。"

两个人马上来到4楼，敲响了413室的门。门开了，一个男人从里面探出头来。

的确，此人跟照片上通缉的那个人长得一模一样，但发型是背头。

"喂，洗劫夏威夷饭店的就是你吧！"小林警官把通缉照片送到他的眼前。

"这怎么可能呢？我的头发，你们看！是背头呀。从十几年前起我一直是这种发型。而这照片上的人梳的不是三七开的分头吗？只是长得像我，但并不是我。"对方答道。

"发型只要有把梳子，要什么型就是什么型，而你晒黑的脸就足以证明你在夏威夷待过比较长的时间。"

"我的脸是打高尔夫球晒黑的。随你怎么怀疑，反正你也拿不出我梳过分头的证据吧！要想逮捕我，就拿出证据来看看。"他板着脸佯作不知。

就连小林警官也被噎得没话说了。

这时，罗波侦探从旁插话说："那么，就请你配合我做个实验吧，就做一个。通过这个实验，就能证明你的清白，你不是也想要证明自己的清白吗？"

对方犹豫了一会儿，还是答应了。"可以，你做什么实验我不管，但只要能证明我是清白的，我会乐意协助你的。"

罗波侦探将对方带到附近的一个理发店做了个实验。于是，罗波侦探拿到了他最近梳过三七开分头的证据，马上戳穿了他的谎言。

"不愧是名侦探哪！"小林警官对罗波侦探的聪明佩服得五体投地。

那么，罗波侦探到底做了什么实验，看破了此人的伪装呢？

推理揭秘

罗波让人剃光了他的头。这样，他头上就明显地露出了三七开分头的痕迹，梳着分头，在夏威夷待一个月，中间就会留下阳光晒过的痕迹。

钟楼上的毒针

语 梅

伽利略有个爱女叫玛丽娅，在离伽利略住处不远的圣·玛塔依修道院当修女。伽利略常去看望女儿。

有一天，玛丽娅给伽利略写了一封信。信中写道："昨天早晨，修女索菲娅躺在高高的钟楼凉台上死去了。她的右眼被一根很细的约5厘米长的毒针刺破。这根带血的毒针就落在尸体旁边。有人说，她是自己把毒针拔出后死去的。钟楼下面的大门是上了闩的。这大概是索菲娅怕大风把门吹开，在自己进去之后关上的。因此，凶犯绝不可能潜入钟楼。凉台是在钟楼的第四层，朝南方向，离地面约有15米。下面是条河，离对岸40米。昨晚的风很大，凶犯想从对岸把那毒针射来，要正好射中索菲娅的眼睛，是根本不可能的。院长认为索菲娅的死是自杀。可是，极端虔诚的索菲娅，会违背教规用这样奇特的方法自杀吗？……"

伽利略看完信，就去修道院看望女儿。

"就是那钟楼。看见凉台了吗？"在修道院的后院，玛丽娅指着钟楼上的凉台说。

钟楼的台阶太陡，伽利略上不去，就在下面对凉台的高度和到对岸的距离进行了目测，并断定凶犯不可能从河的那边把毒针射过来。

"听人说，她对您的地动说很感兴趣，还偷偷地读了您那本已成为禁书的《天文学对话》。院长要是发现，很可能把她赶出院门。可是她非常好学，又很勇敢。那天晚上，肯定是上钟楼眺望星星和月亮去了。"

"有没有他杀的可能？也就是说有没有人对她恨之入骨，非置她于死地不可呢？"

"索菲娅家里很有钱。她有个同父异母的弟弟。今年春天，她父亲去世了。索菲娅准备把她应分得的遗产，全部捐献给修道院。可是，那个弟弟反对她这样做，还威胁说，要是索菲娅敢这样做，就提出诉讼，剥夺她的继承权。事发的前一天，她弟弟送来一个小包裹，可能是很重要或者很贵重的东西。今天，在整理她房间时，那个小包裹却不见了。会不会是凶犯为了偷这个小包裹，而把她杀死了？"

伽利略朝着钟楼下流过的河水，喃喃自语："如果把那条河的河底疏浚一下，或许能在那里找到一架望远镜。"

第二天早晨，玛丽娅急匆匆地回到自己家中，对伽利略说道："父亲，找到了。是这个吧？"说着，取出一架约有47厘米长的望远镜。"这是看门人潜入河底找到的，准是索菲娅的弟弟送来的，因为以前我从未见到她有过望远镜。可是，这和杀人有什么关系呢？"

伽利略接过望远镜，仔细地看了看，说："果然和我想的一样。"

伽利略接着解释了一番。"可怜的孩子，中了毒针，却又不能大声对人呼救！"

"为什么她不喊救命呢？"

"因为她是在看了我的那本被禁的书《天文学对话》后，为了弄清楚地动说而进行天体观测的。这绝不能让院长知道，不能呼喊。她

也许是想拔出毒针，自己来治好这伤，但毒性很快扩散，无法解救了。"

到底是谁杀死了索菲娅呢？为什么？

推理揭秘

凶手是索菲娅的弟弟。他事先在望远镜的筒里装上毒针，等索菲娅用望远镜时，为了对焦就调节了筒内的螺丝。这时，弹簧就把毒针射入她的眼睛。

狡猾的走私者

秋 旋

　　K国海关接到内线的情报，知道有一个走私集团准备运一批黄金入境，而且带黄金入境的是一个女子，将乘3510次班机抵达。

　　为了抓住这个走私者，大批警察及缉私人员被派到机场旅客出口检查处。

　　3510次班机抵达后，机上乘客顺次出闸。这次班机上有很多女乘客，其中有个十分漂亮的金发女郎。旅客一一接受了检查，但却没有发现黄金。黄金藏在什么地方了呢？难道是内线的情报不准吗？

　　正当检查要结束时，一个聪明的缉私人员灵机一动，在那漂亮的金发女郎身上发现了要找的东西。你能找到吗？

推理揭秘

　　聪明的缉私人员发现那位漂亮的金发女郎并不是真正的金发女郎，她只是戴上了用来伪装的金色的假发，海关人员所要查找的黄金就在假发的下面。

三百万元旧钱币

佚 名

这一天，加拿大某市警察局的雷尼警长接到自称彼尔的人打来电话。他报告说：他押运的那节车厢中的一只钱币袋被人抢走了，里面装着300万元旧钱币。许多国家都定期销毁一定数量的破旧污损纸币，以便发行同等数量的新纸币。销毁旧钱币是在非常秘密的状态下进行的，现在这么大笔的钱币被抢，可是个大案。

雷尼警长放下电话，马上带领助手赶到现场。可是除在靠近车门的地方发现了两个只抽了一半就丢掉的烟头以外，没有发现什么可疑的痕迹。

彼尔头发蓬乱，脸上有一道血痕，非常狼狈，他向雷尼警长讲述了他与歹徒搏斗的经过："昨天上午7点半，我像平常一样，把站台上所有的东西装上了火车。这时候，我的上司用手推车推来了一个邮袋，对我说这个邮袋里面装的是要销毁的旧钱币，共300万元。他要我把这个钱币袋也装上火车，运到终点站以后就交给站长。他还对我说，路上不要让任何人知道这件事。我就把它装上火车，并且放在我的小桌子下面，这样便于重点看管。大约在11点15分，我正在准备下一站要卸下去的东西时，忽然听见有人在敲门，我就去开门了。"

"那么，你还记不记得那是一种怎样的敲门声？"

"先是轻轻地敲了两下，然后又重重地敲了三下。"

"你有没有问清来的是谁？"

"没有，因为我觉得来人可能是列车长，或者是列车员，绝对没有想到是坏人，我认为这个车上除了我以外，没有任何人再知道这件事了。"

"那么你到底有没有看清楚进来的人是列车长还是列车员呢？"雷尼警长又问。

"进来了两个人，我根本不认识他们。这两个人都戴着面具，只露着两只眼睛！哦，对了，他们还戴着手套呢。"

"他们进来后干了些什么？"

"那个大个儿胖子进来后没等我说话，就一拳把我打倒在地。然后用绳子把我捆了起来。就在这个时候，那个瘦个儿从小桌下面取出了钱币袋，扔了下去……"

"那么，你脸上的那个口子是怎么回事呀？"

"被那个大个儿胖子手上的戒指划的。"

"哦，那他戴的是什么样的戒指呢？"

"戴的是金戒指，那上面好像还有一块蓝宝石。"

"你讲得真是太生动了，"雷尼警长笑着说，"来，抽支烟。"

"谢谢您，我不会抽烟。"彼尔说。

"你不会抽烟，为什么在那节车厢里会有两个烟头呢？"

"哦，对了，就是那两人的，他们进来的时候，每人嘴里都叼着一支吸了一半的香烟。"

"他们待在车厢里的时候，你听见他们说了些什么吗？"

"没有，因为当时火车行走的声音真是太大了。"

雷尼警长微微一笑，说："这个案已被我破了——抢劫犯就是你！"

"雷尼警长，你可不能冤枉好人呀！"

后来，警察在彼尔家搜出了300万元旧钱币，并抓获了彼尔的一个同伙。

雷尼警长到底凭什么认为彼尔就是犯罪嫌疑人？彼尔的话中有哪些漏洞？

推理 揭秘

　　彼尔之前说那两个人戴着手套，但是后来又说戒指把他的脸划伤，试问戴着手套怎么会看到戒指呢？更别说看到蓝宝石了，显然他在说谎。

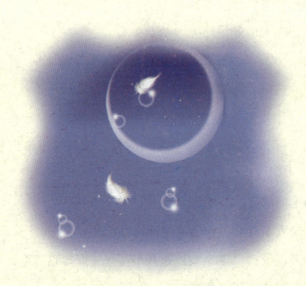

不翼而飞

诗 槐

黄先生下课时收上来500元学费，因为会计没在，他把这笔钱放在办公桌第三个抽屉里，而且锁好了，想第二天将这笔钱交给会计。

第二天早晨，黄先生一到学校就准备把钱拿出来，他开了抽屉，发觉抽屉已空空如也。放在里面的钱竟不翼而飞。

黄先生感到非常奇怪，因为抽屉的钥匙一直在他身上，而且抽屉绝没有被撬动的痕迹，钱怎么会丢了呢？

学校保卫干事到现场调查，他坐在书桌旁，思考着窃贼是怎样将钱偷走的，过了几分钟，他突然想明白钱是怎样被人偷的了。

推理揭秘

狡猾的偷钱者将第二个抽屉拉开，伸手从第三个抽屉中把钱偷走。因为抽屉上下是相通的，虽然第三个抽屉上安装了锁，但第二个抽屉没有安装，这让偷钱者钻了空子。

顺子被关在几号房

晓 雪

从一周前，推理小说作家江川乱山先生就住进了某饭店的1029号房间，埋头写作，闭门不出。他的女朋友电视演员顺子来住了一宿。第二天，她穿戴整齐，出了门。

意想不到的是，在等电梯时，一个戴着太阳镜的男人用刀子胁迫顺子，把她关在饭店的一间屋里。

那个男人给江川乱山打电话："今天下午3点以前，把500万元钱放到中央公园喷水池旁的长凳上。如果报告警察，你的女朋友就别想活！"

顺子被堵上嘴，绑在椅子的扶手上，她上臂部松绑，手腕还能自由活动。不过，不可能解开绳子。

绑架分子说吃了饭再来，便出了房间。看样子，他像一名落魄的艺术家，而且具有绅士风度。他说昨晚偶尔看见顺子进入乱山先生的房间，才起心绑架，从今早开始一直监视着1029号房间。

顺子看了看表，1点过2分，她已被关押了两个小时。她想尽早告诉乱山她被关押的地方，以便来救她。被绑架分子带来时，她看见门上的号码，并暗暗记下。床头就有电话，但手够不着，两脚也绑在椅子上，寸步难行。在绝望之时，她忽然急中生智，当手表走到1点过5分时，她用左手手腕，拼命把表撞向椅子扶手，经过数次撞击，表壳破了，时针也停下。

绑架分子回来后，顺子说："我有个要求，想把我的表交给乱山先生。你把我绑在椅子扶手时，表撞到扶手角上。这块表是我生日时乱山先生送我的礼物。他见到表才会相信你，把赎金交给你；如果空着手去，他不会老老实实地把钱交给你的。"

他从顺子手腕上解下手表，毫不怀疑地装进口袋里。

3点钟前，乱山先生已从银行取出钱，乘出租车到了公园。他发现喷水池旁有一条长椅，椅子下，扔着一个揉皱的购物袋。乱山捡起一看，里面有块手表和便条。

便条上写着："手表是她的证明。把钱放入这个袋中，然后把袋藏到旁边的垃圾箱里立即走开。我在监视你，想暗算我可办不到！"

乱山先生看着手表，心里一阵不安，心想："表壳被打坏了，时针停在1点过5分上。被囚中，顺子受到了粗暴的虐待吗？如果真是这样，想得到赎金的绑架者为什么又特意给我看这块表呢？他应该不让我担心顺子的命运才对呀！那么，这块表是她急中生智，发出的求救信号吗？"

乱山先生不愧为推理作家，思考片刻之后，他惊喜地说："啊，我知道了，顺子一定被关在自己住的那个饭店里的某间房中，而且，那间房屋的号码就是……"

乱山收起钱袋，快步走出公园，招手叫了辆出租车，飞速赶到饭店。

一到饭店，他直接奔向认定的房间。门锁着，敲门也没人应。乱山叫来经理，向他说明情况，把房门打

开。果然，顺子被绑在椅子上！

那么，顺子被关在饭店的几号房？乱山是怎么推断出来的？

推理揭秘

顺子德的手表停在了1点过5分，而这就是她被囚禁的房间号码。下午1点过5分，读十三时零五分，于是乱山断定囚禁她的房间是十三楼的1305号。

狗是什么时候死的

忆 莲

明明发现排水沟里有个奇怪的东西。

走近一看，大吃一惊，不禁惊叫起来：

"啊，原来是只死狗。"

小华和阿林听到喊声跑了过来。他们看到水流很急的排水沟中的死狗，身上有一道很长的伤口，上面还沾满了血迹。

"谁这么残忍？这条狗大概死了有几天了。"阿林说。

小华马上反驳说：

"不会，这条狗被人杀死不久。"

小华怎么知道狗不是几天前被扔到排水沟的呢？

推理 揭秘

在水流很急的排水沟里的死狗，如果是几天前死的，身体上不可能到现在还沾着血，因为血迹早就被水给冲没有了，由此可以推断这条狗是刚刚被杀害的。

郁金香与珍珠

雁 丹

一天中午刚过，私人侦探萨姆逊应推理小说作家霍尔曼的邀请，来到阿姆斯特丹郊外的一所住宅。令人吃惊的是，霍尔曼正在送停在门前的一辆要发动的警察巡逻车。

"先生，到底出了什么事儿？"

"喂，萨姆逊先生，你来晚了一步。刑警勘察了现场刚走。本想让你这位名侦探也一同来勘察一下的。"

"勘察什么现场？"

"进来了溜门贼。详细情况请进来谈吧。"

霍尔曼把萨姆逊侦探让进客厅后，马上介绍了事情的经过。

"昨天早晨，一个亲戚家发生了不幸，我和妻子便一道出门了。今天下午，我自己先回家看看，一进门发现屋里乱七八糟的。肯定是家里没人时进来了溜门贼，是从那扇门进来的。"霍尔曼指着面向院子的门。只见那扇门的玻璃被刀割开一个圆圆的洞。盗贼是从洞里把手伸进来拔开插销进来的。

"那么，什么东西被盗了？"

"没什么贵重物品，只是照相机及妻子的宝石。除珍珠项链外都是些仿造品，哈哈哈……"

"现场勘察中，刑警们发现了什么有力的证据没有？"

"没有，空手而归。盗贼连一个指纹也没有留下，一定是个溜门老手干的。要说证据，只有珍珠项链上的珍珠有五六颗丢在院子里了。"

"是被盗的那个珍珠项链上的珍珠吗？"

"是的。那条项链的线本来是断的。可能是盗贼盗走时装进衣服口袋里，而口袋有洞漏出来的吧。"

霍尔曼领着萨姆逊来到正值夕阳照射的院子里。院子的花坛里正开着红、白、黄各种颜色的郁金香。

"喂！先生，这花中间也落了一颗珍珠哩。"萨姆逊发现一株黄色花的花瓣中间有一颗白色珍珠。

"哪里？哪里……"霍尔曼也凑过来看那枝花朵。

"看来这是勘察人员的遗漏啊！"

"你知道这花是什么时候开的吗？"

"大概是前天。黄色郁金香总是最先开花，我记得很清楚。"霍尔曼答着，并小心翼翼地从花瓣中间轻轻地把珍珠取出。

这天晚上，霍尔曼亲手做菜。两人正吃着鸡素烧时，刑警来电话了，并且把搜查情况通报给霍尔曼，说是已经抓到了两名嫌疑犯，目前正在审讯。

两个嫌疑犯中一个是叫汉斯的青年，昨天中午过后，附近的孩子们看见他从霍尔曼家的院子里出来。另一个是叫法尔克的男子，他昨天夜里10点钟左右偷偷地去

窥视现场，被偶尔路过的巡逻警察发现了。

"这两个人中肯定有一个是作案人。但作案时间是白天还是夜里，还没有拿到可靠的证据。两个人都有目击时间以外不在作案现场的证明。所以，肯定是他们中的一个那时溜进去作案的。"刑警在电话里说。

萨姆逊从霍尔曼那儿听了这番话以后，便果断地说：

"如果如此，答案就简单喽！先生，请来看看花坛中的郁金香吧。"霍尔曼立即拿起手电筒半信半疑地来到院子里查看。花坛那儿很黑。霍尔曼查看后，返回屋里笑眯眯地说："的确，你的推理是对的，真不愧是名侦探啊。我马上告诉那位刑警。"

那么，萨姆逊所认定的罪犯是哪一个？

推理 揭秘

作案人就是汉斯。我们知道，每种花都有自己的开花期，而郁金香到了晚上花瓣就会合上。既然被盗的珍珠掉在了花瓣里，就说明作案的时间只能是白天。

明察秋毫

湖边是蚊虫比较多的地方，R警长发现了一只吸过阿波得血的死蚊子。

克里斯蒂遇强盗

采 青

热闹非凡的生日晚宴，直到凌晨2点才结束。"夜深了，你这么孤身一人赶回去，我们可不放心。要不，让我们送你回去吧。"朋友夫妇热情地招呼车辆，要一起送阿加莎·克里斯蒂回家。

"谢谢，你们也很累了。不用送了。况且，我本身就是个侦探小说家嘛，难道还会怕盗贼？"

阿加莎·克里斯蒂笑着拦住朋友夫妇，独自匆匆地上路了。

这位英国女作家确实写过数十部长篇侦探小说，如《东方快车上的谋杀案》《尼罗河上的惨案》等，塑造了跟著名侦探福尔摩斯一样驰名全球的侦探赫尔克里·波洛的形象。可是，谁会料到，今天晚上，她本人真的遇到了抢劫案。

当她独自一人走在那条又长又冷清的大街上时，突然，在一幢大楼的阴影处，冲出一个个子高大的男子，他手持一把寒气逼人的尖刀，向阿加莎·克里斯蒂扑了过来。阿加莎·克里斯蒂知道逃是逃不了了，就索性站住，等那人冲上来。"你、你想要什么！"阿加莎·克里斯蒂显出一副极害怕的样子问。

"把你的耳环摘下来。"强盗倒也十分干脆。

一听到强盗说要耳环，阿加莎·克里斯蒂紧锁的眉头舒展了。只见她努力用手护住自己的脖子，同时，她用另一只手摘下自己的耳环，并一下子把它们扔到地上，说："你拿去吧！那么，我现在可以走了吗？"

强盗见她对耳环毫不在乎，而是力图用手遮掩住自己的脖颈，显然，她的脖子上有一条值钱的项链。他没有弯下身子去拾地上的耳环，而是又下达了命令："把你的项链给我！"

"噢，先生，它一点儿也不值钱，给我留下吧。"

"少废话，动作快点！"

阿加莎·克里斯蒂用颤抖的手，极不情愿地摘下了自己的项链。强盗一把抢过项链，飞也似的跑了。阿加莎·克里斯蒂深深地舒了口气，高兴地拾起了刚才扔在地上的耳环。

她为什么高兴？

推理 揭秘

她真正想保护的是耳环，其实她的钻石耳环很宝贵，但是却怕强盗看出来，所以故意装作满不在乎的样子，而项链却只是玻璃做的仿制品。

抢银行的强盗

佚名

镇上的农业银行在夜间遭抢。一个蒙面强盗闯进屋子，将值班人员绑在柱子上，堵住嘴巴，然后用钥匙打开金库，把现金全部抢走。

金库前还留有强盗的脚印和半截蜡烛。这是因为转动金库号码盘时，光线太暗，所以强盗才点了一支蜡烛。

几天后，警察找来了两名有重大嫌疑的人，A警官并没有问他们什么问题，而是出人意料地请他们吃饭，但刚吃了没几口，他突然指着其中一个左撇子说："你就是抢银行的强盗！"

为什么他会做出这样的判断呢？

推理揭秘

根据现场的蜡烛被放在了右侧的线索，可以看出强盗是腾出左手来打开金库门的锁的，所以可以推断那个强盗是惯用左手的人。

妙法分红薯

向 晴

一个农民在临死时立下遗嘱，将仅有的15个红薯分给他的三个儿子：大儿子可得全部的二分之一，二儿子可得剩下的三分之一，三儿子得其余部分。

可惜的是三个儿子一向关系不好，都十分计较，半个红薯很不好切，每个人又都一定要自己应得的一份，为了此事，三个人争执不休。

后来，事情吵到村长那里去了，村长觉得农民将红薯如此分配，是想考验三个儿子的智慧，并希望他们兄弟和好。

不到两分钟，村长就想出一个好办法，这办法可以使他们三个都得到自己的那一份，不会因分得不公平而争吵，村长是怎样分配的呢？

推理揭秘

如果按照一般的思维模式来分配，很难让兄弟几人都满意。而聪明的村长的办法就是，将红薯烧成红薯粥，这样就可以简单地按每个人应得的份额来分配了。

间谍D是滑雪高手

宛 彤

间谍D在Y国窃取情报后逃到高山上一座别墅里，Y国反间谍人员立即出动，包围了这座别墅，但他们晚了一步，间谍D已经逃出了别墅。

他似乎是穿着滑雪板逃走的，在斜坡上可以清晰地见到滑雪板的痕迹。奇怪的是，这个痕迹一直通到面临深谷的悬崖边才不见了，而深谷中又没有D的尸体。这是一百多米高的断崖绝壁，不管是什么样的滑雪高手，都不可能安然无恙地跳到谷底再逃走，肯定会摔死的。

但事后据可靠情报得知间谍D确实是滑着雪橇从山谷逃走的。

他究竟是怎样逃走的呢？

推理 揭秘

间谍D在滑雪前背了一个降落伞。当他滑到悬崖边时，直接可以向前跳下去，背上的降落伞随即打开，从而保证了他安全地降落并脱离了反间谍人员的追捕。

冰雪疑凶

冷 薇

　　1月，正是苏格兰冰天雪地的冬天。许多游客专程到这里欣赏大雪纷飞的景色，并且到滑雪场尽情运动。福尔摩斯和华生也离开了潮湿多雾的伦敦，来到滑雪场附近的朋友家里。他们白天滑雪，晚上看书，准备在这里度过一个惬意的冬天。

　　这天晚饭后，福尔摩斯和华生到屋外散步。外面一片白雪皑皑，长筒鹿皮靴子踩在积雪上，发出沙沙的声响，四周一片寂静，简直就像童话世界。当他们转过一片小树丛的时候，忽然从树丛后面跳出一个身穿黑色大衣的男子。他全身上下湿漉漉的，在寒风中冻得瑟瑟发抖。看到福尔摩斯和华生，他立刻大叫起来："来人哪，有人落水了，快来帮忙救人哪！"

　　"怎么回事？"热心的华生连忙跑过去问他，"谁落水了？在哪里？"

　　那个男人抓住华生的手说："我和我的朋友出来散步，我们从结冰的湖面上走过来，一块薄冰忽然裂开，我的朋友掉了下去。天哪！我没有拉住他，随后我跳下水去，也没有找到他，只好跑来找人帮忙，我们快去救他吧！"

　　人命关天！福尔摩斯和华生二话不说，立刻和那个男人一起向湖边跑去。他们穿过树丛，越过一道土丘，在冰面上艰难跋涉。看到那个男人的黑色大衣都快结冰了，福尔摩斯连忙把自己的大衣脱下来给他穿上。

半小时以后，他们终于到达了发生事故的地方。由于大雪不止，破裂的冰层上已经结了一层薄冰。经过这么长时间，看来失足落水的人已经没有生还的希望了。"约翰，我的朋友，我来晚了！"那个男人扑倒在地，伤心地大哭起来。

福尔摩斯拉住他说："省省吧，你这出戏倒是演得不错，可惜碰上了我们。你虽然精心策划，但还是留下了破绽。"

华生有些不解地问道："现在死者还没有被打捞上来，冰层破裂的地方也完全是自然形成的，不像人工切割的样子，你怎么判断他的朋友是被害死的呢？"

福尔摩斯微笑着说："不错，冰层的确是自然破裂的，但这并不能说明他的朋友是失足掉下去的。根据我的判断，很可能是被他杀害以后，扔到湖里去的！"

你知道大侦探福尔摩斯为什么能识破杀人犯的诡计吗？杀人犯在哪里露出了破绽？

推理揭秘

男人身上湿漉漉的。而事发地距他出现的地方足有半小时路程，按常理来说他全身应该冻得结上冰才对，所以他的朋友是被他杀害后再推下冰河的。

神秘的刀痕

佚 名

　　金不烂当铺的老板死了，而且死得很惨，被一把短剑刺穿胸膛活活钉在墙板上。老板娘吓得半死。报案后不一会儿，警察局的人就来了，为首的是有名的侦探岩风。

　　岩风勘察了现场，老板刚死不久，不到一个时辰。现场除扎在死者身上的剑外，地上还有一把刀。经过辨认，老板娘确定这是她丈夫。屋里的柜子上和周围墙板上有多处新划的刀痕，像是拼杀时留下的。除了这些，岩风再也看不出其他蛛丝马迹。

　　岩风下令将有作案时间的嫌疑人先抓起来。很快抓到了四个人，两个是本店的伙计，两个是刚来过当铺的顾客。岩风对这四个人一一盘问，可谁也不肯承认自己是杀害老板的凶手。没有证据，岩风也拿他们没有办法，只好暂时将他们看管起来。

　　金不烂老板慈眉善目，街坊邻里口碑不错，从来没听说有人和老板有仇，仇杀的可能性很小。如果是谋财，也不对，柜台的银子一两没少，显然不是为了钱财。

那凶手是为了什么呢？岩风琢磨着白天的每一个画面和每一个细节。

找不到库房的钥匙，以为被凶手拿走了，后来怎么又找到了？老板娘应该熟悉放钥匙的地方，为什么钥匙不在平时所放的抽屉里，而放在从来没有放过的下面的抽屉里？把钥匙换了个抽屉，是他人所为，还是死者生前的什么用意？还有，根据死者被刺的部位判断，凶手个子较高，力气不小，把人刺穿了还狠狠地扎进墙板，可以说是个高大魁梧的家伙。但是，现场有这么多刀痕，说明两个人有过一场殊死搏斗，且势均力敌，不相上下。这样的厮杀，会惊动周围不说，还与岩风判断的凶手不符。因为老板个子矮小，身单力薄，不可能与一个身强力壮的人相持那么长久。

如果说老板只反抗三两下就败在凶手的剑下，那么，现场又怎么会有这么多的刀痕？岩风越想越觉得不对头，这里头必定有文章。

一大清早，岩风又匆匆赶去案发现场。他再次仔仔细细地查看现场，特别是那些刀痕。岩风发现柜子上的刀痕断断续续的有些凌乱，有的还不像一刀划过的样子。他思索着。突然，岩风想到了库房钥匙换了抽屉的事。对啊，这些抽屉不都是可以替换的么？难道……岩风将一个个抽屉全拉了出来，然后再按照抽屉上和柜子上的刀痕，像拼图一样将它们拼起来再放进柜子里去。

当全部抽屉放回柜子后，岩风不禁眼睛一亮，说了声"成了"，就拔腿赶回警察局。

一到警察局，岩风就把其他三个人放了，留下疑犯王七。王七不服，说："他们可以走了，为什么不放我？"

岩风什么也没说，只是把王七带到了金不烂当铺。当王七再次来到犯罪现场，也就是他杀死老板的地方时，脸色一下子煞白了。

"看见了吧，这就是你杀害老板的证据。"岩风威严地说。

王七见事情已经败露，吓得魂不附体，直打哆嗦，扑通一声跪在了岩风的面前，哭喊着拼命求饶。王七已无可辩驳，只好供认了他的杀人罪行。

天衣无缝的杀人计划，却还是被岩风看出了破绽。

杀害老板的证据到底是什么呢？

推理揭秘

　　凌乱的刀痕使得岩风想到了抽屉的位置可能已经被凶手掉换了，而当岩风重新把抽屉按照原有的顺序放置到柜子上，就发现那些刀痕清楚地刻着"王七"两个字，那么凶手是谁自然就不言而喻了。

他是合唱队员吗

冷 柏

在破获一起盗窃案件时，F警长追赶一名老牌窃贼，这个窃贼虽然老得牙都快掉光了，但却非常善跑，刚追到音乐厅门前，人突然不见了。F警长分析他可能是跑进了音乐厅。

F警长追踪到音乐厅里，看到台上有一个专业合唱队正在演唱，台下的观众不是很多。警长四处搜索，没有发现那个盗贼的踪影，正准备离开的时候，他的眼睛漫不经心地向台上正在演唱的合唱队扫了一眼，猛然觉得什么地方有些不对头，虽然合唱队员穿的衣服都一样，有一个却很显眼，他定睛一看，原来正是那个老牌盗贼。

你知道是什么引起了F警长的注意吗？

推理揭秘

老牌盗贼缺了好多牙齿，而唱歌演员很重要的一点就是要保持自己的仪态端庄，当然也要保持牙齿整齐，这样盗贼在合唱队员中就显得非常明显。

吹牛大王的破绽

凝 丝

某君是个吹牛大王，他经常在和别人闲聊时瞎吹，偏偏阿E喜欢和他作对，往往在他吹得正高兴时戳穿他的牛皮，使他下不了台。

有一次某君看阿E没在屋里，又和别人吹起来。他夸口说自己跑遍了全世界，连非洲大沙漠都去过，并且顺手还拿出一张照片来，"你们看，这就是我在非洲大沙漠上骑着骆驼拍的照片。"

正在这时，阿E开门进来了。

"哈哈，你在非洲骑的就是这样的骆驼吗？别吹牛了，我看这是在动物园照的！"

阿E为什么这么肯定某君没有去过非洲沙漠？

推理揭秘

照片中吹牛大王某君骑的是双峰骆驼，而他忽略了一点常识：双峰骆驼只有在亚洲才有，非洲的骆驼都是单峰的。这真是搬起石头砸了自己的脚。

明察秋毫

佚 名

金秋十月，人们在僻静的湖边发现了一具少女的尸体。经调查，死者名叫艾琳娜，是位空姐，她是被人扼颈窒息而死的。但颈部没有留下指纹，身上没有血迹，现场也没有留下破案的任何其他线索。

警方认为最值得怀疑的是她的男友阿彼得，因为他俩近来频频发生争吵，然而却没有证据指控他谋杀，阿彼得否认他和艾琳娜去过湖边。

怎么办呢？好在细心的R警长在现场终于找到了唯一有力的物证，经过检验阿彼得的血型之后，立刻提出起诉，并将阿彼得捉拿归案。案情公布后，人人都佩服R警长，说他真是明察秋毫。

推理揭秘

秋天的湖边是蚊虫比较多的地方，而恰巧她的男友在杀害她的当天被湖边的蚊子咬到从而在现场留下了证据，R警长正是发现了一只吸过阿彼得血的死蚊子。

丁知县审鹅

碧 巧

永嘉县来了一位新上任的丁知县，他性情刚直，为官清正，办事认真。

一日，丁知县坐在大堂批阅诉状，突然门口传来一阵争吵声。他抬头一看，见一个后生和一个乡下人拼死命争夺着一只大白鹅，边骂边走进公堂来。

丁知县喝问道："你们两人为何在此大吵大闹？"

那后生抢先说："老爷在上，我住在东门城门头，早上拿米糠在门口喂鹅，这个乡下佬趁我转身进屋的时候，捉走我的大白鹅，被我逮住了，还不肯还我，请老爷为小民做主。"

丁知县问乡下人："后生说你偷了他的鹅，这事是真的吗？"

乡下人涨红着脸，气呼呼地说："老爷，这只鹅明明是我从楠溪带到城里给丈人的。我刚从舴艋船上岸，这无赖就过来，硬逼我把鹅卖给他。我不卖，他就抢，还诬告我偷他的鹅。小人讲的句句是真话，求老爷明断。"

丁知县问他们有没有旁人可以作证，两人都说没有。

"没有？"丁知县想了想说，"既然没有旁人作证，那就叫鹅自己讲吧！"他叫差役拿来一张大白纸，摊在大堂上，把鹅放在纸上，盖上箩筐，吩咐两人在旁等候公断。

一会儿，鹅在箩筐下面"扑棱"了几下翅膀。丁知县听见响声，忙叫差役揭开箩筐，看看鹅到底画了什么字。

差役不懂得丁知县说话的意思，揭开箩筐看了一看，就禀告说："鹅什么字也没画呀，只拉了一堆屎。"

丁知县皱起眉头，说道："你们当差多年了，还真糊涂，快再去仔细看来。"

差役不敢怠慢，捂住鼻子，凑近鹅屎细细辨认。看了半日，还是没看出名堂来，只好硬着头皮回禀丁知县说："老爷，纸上只有一堆青绿色的鹅屎，奴才实在看不出有什么字。"

丁知县听了点点头，就叫两人上堂听判。他指着大白鹅对乡下人说："鹅自己招认是你的，你把它带走。"又转身问那后生说，"你服不服本官的判决？"后生还硬说鹅是自己的。

知县大怒，一拍惊堂木，大声喝道："大胆刁民，竟敢在本官面前耍花招儿。你年纪这么轻，就欺负乡下人。来人呀，给我拉下去重打二十大板！"

为什么丁知县说鹅自己招认是属于乡下人的呢？

推理揭秘

乡下人用青草喂鹅，所以乡下人的鹅拉的屎是绿色的；但如果用米糠喂鹅，它拉的屎则是黄色的，所以这只鹅只能是乡下人的，那个后生说了谎话。

张县令为盗借金

静 松

一天，县令张佳胤正在堂前批阅公文，忽然闯入一胖一瘦两个锦衣卫使者。锦衣卫使者权力极大，从京城径直来到县里，定有机密大事。张县令不敢怠慢，忙起座相迎。

使者说："有要事，暂且屏退左右，至后堂相商。"

在后堂，锦衣卫使者卸除化装，露出了强盗的本来面目，威逼张县令交出库金一万两黄金。事出突然，猝不及防，但张县令临危不乱。他不卑不亢地说："张某并非不识时务者，绝不会重财轻生，但万两黄金实难凑齐，减少一半如何？"

"张县令还算是痛快之人，数目就依你，但必须快。"

张县令说："这事若相商不成，不是鱼死，就是网破，但既已相商成功，你我利益一致，你们嫌慢，我更着急呢！一旦泄露，你们可一逃了之，我职责攸关，绝无逃跑的可能。然而，此事要办得周全，就不能操之过急。"

强盗问道："依你之计呢？"

张县令胸有成竹地说："白天人多，不如晚上行事方便，动用库金要涉及很多人员，不如以我名义先向地方绅士筹借，以后再取出库金分期归还，这才是两全之策。"

强盗觉得县令毕竟久经官场，既为自己考虑，又为他人着想，所提办法确实也比较妥善，就当场要他筹办借款之事。

张县令列出了一份名单，指定某人借金多少，共有九名绅士，共借黄金五千两，限于今晚交齐，单子开好后随即让两个强盗过目。接着他对两个强盗说："请两位整理衣冠，我要传小厮进来按单借款。"

两个强盗心想，这个县令真好说话，想得又周到，要不是他及时提醒，岂不要被来人看出破绽，于是就越加信任县令。

不一会儿，县令的心腹小厮被传了进来。

县令板着脸说："两位锦衣使奉命前来提取金子，你快按单向众位绅士借取。要办得机密，不得有误。"

小厮拿了单子去借款，果然办事利落迅速，没多久，就带了九名绅士将金子送来。他们为了不走漏风声，将金锭裹入厚纸内。然而等揭开纸张，里面竟是刀剑等兵刃，他们以迅雷不及掩耳之势，直扑两名强盗。强盗还没弄清是怎么回事，已被捆绑了。

这究竟是怎么一回事呢？你知道张县令是怎么安排的吗？

推理揭秘

张县令列出的"绅士"名单其实是本县9个捕快的名字，强盗原本是外地人，自然不认识，而小厮一看就明白了。所以捕快及时赶来，擒获了强盗。

大胆的窃贼

芷 安

阿D的家在城市近郊。那是一幢别墅式的住宅，房子外面有一个大花园，附近没有邻居。

秋天的时候，阿D的夫人领孩子去外婆家，只有阿D一人在家，他每天都在公司吃过晚饭再回家。有一天晚上，当阿D回到家时不禁大吃一惊：只见大门敞开，家里的一切都没有了，包括钢琴、电视机、录像机，就连桌子和椅子这些家具也全不见了，整间屋子空空如也。

这显然是被盗，但是令人不可思议的是窃贼怎么会这么大胆，大白天居然把阿D家偷得这么彻底呢？并且，据说在窃贼们偷盗的时候，有两名巡逻警察还站在旁边看了一会儿热闹呢。这到底是怎么一回事呀？

推理 揭秘

原来窃贼假扮了合法的身份，扮作搬家公司的工人，所以才敢在大白天把阿D家的所有东西都盗走，这样做不会引起任何人的怀疑，而窃贼又对阿D家白天没人的情况熟知。

尸体能走路吗

雪 翠

一天早晨，在离A市20千米的郊区火车道旁发现一具尸体。死者是被人用绳子勒死的。

法医认为死亡时间是昨晚10时左右。

根据警方调查的结果，认为某男子疑点很多，又经进一步查证而将他逮捕。

但是，这个男子从昨晚8时到今天上午被捕前，一直都待在A市内，不曾到过郊区。

那么，这个一步都没有离开A市的人到底是用什么方法将尸体扔到20千米外的地方呢？难道尸体能走路吗？

而且他作案是独自一人，没有同犯。

推理揭秘

在A市车站附近，有一个横跨铁轨的路桥，凶手趁着天黑，从路桥上将尸体丢到正从下面经过的货车顶上。由于货车刚从A站开出，速度不快，这才使凶犯得手，尸体被带到20千米外才掉下去。

被害者手中的金发

雅 枫

　　一天早晨，在一所高级公寓内，发现了时装模特儿苏珊的尸体。她的脖子被勒着，倒在卧室的床边。发现尸体的正巧是矾川侦探。他是来调查另一个案子时路过此地的，见门没锁，觉得奇怪，便走进屋子想看个究竟。死亡时间推定是昨晚9点至10点期间。

　　矾川侦探发现被害人右手握得紧紧的，将其掰开一看，见手指上缠着几根头发——是烫过的头发。

　　正在这时，打工的女佣来了。

　　"这是凶手的头发，一定是被害人在被勒住脖子的时候，拼命挣扎从凶手的头上拽下来的。看来是怀恨苏珊小姐的人干的。在苏珊小姐认识的人中，有没有烫发的人？"

　　"要说烫发的人，那就是给设计师当助手的马休。是住这个公寓9楼的一个年轻人，曾向苏珊小姐求婚遭拒绝，一定是怀恨在心而杀了她。"

　　听了女佣的回答，矾川侦探向警察报了警之后，来到9楼马休的房间。

出来开门的马休的确是个卷着金发的美男子。看上去刚刚理过发。矶川侦探将苏珊被杀的事情告诉了他，并询问他昨晚9点至10点钟在哪里。

"我在自己的房间里看录像。因为单身生活，所以没人给我作证。不过我说的是实话，请相信我。"马休回答说。

"你是什么时候理的发？"

"昨天中午，可这与案件有什么关系？"

"被害人死时，手里攥着凶手的几根金发。为慎重起见，要和你的头发比较一下，能拔一根给我吗？"

"好，可以。拔几根都行，你们检查吧。"

马休忍痛拔了两三根头发。

矶川侦探从口袋里掏出放大镜，比较着马休和从被害人手里拿来的金发。

"嗯……完全是同一人的头发！不过请你放心，你不是凶手。"

听了矶川侦探十分肯定的话，马休才放下心来。

"那么，为什么苏珊小姐会攥着我的头发？"他感到很纳闷儿。

"请问，最近有没有憎恨苏珊小姐的人到你这里来过？"

"不，最近没人来……"马休刚说了一半，"啊，差点儿忘了，女用人来过。每周一和周五女用人来给我打扫房间和洗衣服。昨天早晨还来给我搞过卫生呢。"

"那个女用人是不是也去苏珊小姐那里打工？"

"是的。哦，对了！那个女用人每次搞完卫生回去后，我都发现我的咖啡和威士忌什么的要少一些。"

"原来如此。谜团解开了。凶手就是女用人。大概因苏珊小姐当场发现了她盗窃才被她杀害的，她还

想嫁祸于你。"

矶川侦探很快就破了案。

那么，矶川侦探是怎么凭头发判定马休不是凶手的呢？

推理 揭秘

马休的头发发梢被剪得很齐，说明他刚刚剪过头发，而被害人手里的头发梢是圆的。这就说明女用人为了嫁祸给马休，偷了他的头发放在被害人的手里。

失败的暗杀

沛 南

杀手R奉命暗杀一名敌国间谍06号。

这天，杀手R终于找到了好机会，查清楚06号的住宿处。

R带了无声手枪，信心十足地来到06号所住的大酒店，到了他的房间门口，由钥匙孔中向内望，06号刚好就在匙孔的位置中。

杀手R立即拿出手枪，对准匙孔，开了一枪，自以为这一枪肯定是十拿九稳。可是，就在他准备离去的时候，房门突然打开，06号走了出来，结果杀手R反被06号间谍杀死了。

杀手R的暗杀为什么会失败？

推理揭秘

因为愚蠢的杀手R，从钥匙孔中看到的是06号在一面落地大镜子里的影像，并非其真人呈现在他的面前，所以他开枪打中的也只能是镜子。

说谎的女招待

语 梅

法国巴黎一家豪华的旅馆。

一大清早，经理就向警察局报案——旅客沙娜小姐的一个装有许多贵重首饰的手提包被窃了。

几分钟后，警长哈尔根赶来。他查看了一下现场后，就把沙娜小姐叫到跟前，询问发案的经过。

沙娜小姐是代表公司来参加一个国际博览会的，一下飞机就来到这家旅馆。她的手提包里装有许多精美的首饰，二楼的女招待员替她把手提包放在床头柜上。

"小姐，你需要什么请尽管吩咐。"女招待员十分殷勤地说。

沙娜小姐说："我没有别的事，只是请您明天早上给我送一杯热牛奶来。"

睡觉前，沙娜小姐还把首饰清点了一遍，没发现损坏什么。

第二天一早，她醒来后便按电铃叫女招待员送牛奶来，自己去洗漱间。刷好牙，她在洗脸时，听见房门开了，以为是女招待员送牛奶来了，便没在意。

可是，当她冲洗脸上的香皂时，只听见外面"啊"的一声惨叫，接着是"扑

"通"一声。沙娜小姐急忙奔出去看，只见女招待员躺倒在房门口，已经失去了知觉，额上鲜血直流。她再往床头柜上一看，更是吃了一惊：手提包不翼而飞了……

警长哈尔根听完沙娜小姐的叙述，又去看望已经醒过来的女招待员，请她把刚才的情况说一遍。

头部受了些伤的女招待员吃力地说："刚才，我按照沙娜小姐的吩咐，端来了一杯热牛奶。可是我刚进房门，猛觉身后一阵风，没等我反应过来，就见身后蹿出一个男人，他猛地朝我头上打了一拳，我一下子被打倒在地，在昏昏沉沉中，好像看到他拿了一只手提包逃走了。"

警长问："那人长得什么样？"

"我没看清。"

警长没问下去，走到床头柜前，端起那杯热牛奶说："沙娜小姐，您还没喝牛奶呢。"

"呀，对了，您不说我都忘了。"

女招待员殷勤地说："凉了吧，小姐，我去替您热热。"

警长嘲讽地说："招待小姐，别再演戏了，快招出你的同伙吧！"

女招待员的脸变得惨白，争辩说："警长先生，您这是什么意思？"

警长冷笑了一声，说出了自己发现的破绽。女招待员瞠目结舌，无法自圆其说了。在警长的一再追问下，女招待员只得招供出同伙，并交出了那只装满贵重首饰的手提包。

警长是怎么判断出女招

待员在说谎的？

推理 揭秘

　　现场的那杯牛奶好好地放在床头柜上，但是女招待员却说才开房门，就有男人把她打倒在地，那么牛奶是如何送进房间的呢？可见女招待员是在说谎。

千虑之一失

因为出诊皮包里的体温计所指示的温度是24℃，虽然池塘里温度很低，但体温计里的水银不会自动下降。

辣嫂巧戏县官

秋 旋

解放前，有个县官以关心百姓疾苦为名，带着一班人马，到乡间游山玩水，吃喝玩乐。

这天黄昏，县官大人一行来到莲花山古阳寨，看看天色已晚，就想在此暂住一夜。

下轿之后，他让随行人去找这寨子里的甲长，并吩咐道："要搞20盘山珍野味给老爷下酒。"

一个时辰过后，甲长领着县官来到辣嫂家中吃饭。入座后，县官看到桌上摆的只是两盘韭菜、一盘炒笋干、一盘辣椒。"

甲长一时神色慌乱，不知如何回答。辣嫂见状，笑迎上前说道："县官大老爷，桌上的菜，正是遵照您的吩咐准备的呀！"

说罢，辣嫂一五一十地数给县官听。县官听了辣嫂的解释，哑口无言，愤然离去。

你猜猜看，辣嫂说了些什么话，使县官大人无言以对。

推理揭秘

辣嫂不慌不忙地说：两盘韭菜，二九一十八，加上笋干一盘，辣椒一盘，正好凑够二十盘菜，这些还都是山珍野味。

高尔夫球场爆炸案

佚 名

黑社会某大头目D因为与另一派系争夺地盘，搞得十分紧张，他处处小心，严加防范，就连练习高尔夫球也尽量在人少的时候去。

这一天，下着毛毛雨，球场上一个人也没有，D来到后命令手下人都分散在球场外负责保卫，他不要陪练员和球僮，一个人在场里练习。

大家都没有注意场上的情况，突然间球场上发出一声爆炸巨响，D的手下回头一看，只见D已被炸死。

令人不可思议的是现场只有他一个人，球场工作人员保证说凶手绝无机会在场内地上安设定时炸弹一类的东西，更不会是有人从场外扔进手榴弹将D炸死的。

那么，炸药到底藏在什么地方呢？

推理揭秘

凶手在案发前巧妙而又秘密地将炸药装进了高尔夫球内。毫不知情的D只要用力一击高尔夫球，高尔夫球立刻就会爆炸，D的死亡也就不足为奇了。

从夏威夷来的怪客

诗 槐

明智站在国际机场的入境处,眼睛睁得像铜铃那么大。

根据情报,在夏威夷进行国际贩毒活动的毛姆即将入境。

毛姆很会化装,他在夏威夷时,留着满脸大胡子,那模样就连熟人也认不出来他。

明智拿着毛姆的照片准备逮捕他。

入境的人相当多,却未发现毛姆。

最后,明智发现有三个人特别可疑。

其中一个下巴贴了一块胶布,留着日本八字胡,戴着太阳眼镜,另一个穿着夏威夷的花衬衫,最后一个没有留胡子,下巴白得有些不自然,可是目光十分锐利。

明智歪着头,想了一会儿,然后微笑着接近其中一位。

"毛姆,我在这儿等你多时了……"

请问,究竟哪一位是毛姆呢?

推理 揭秘

　　毛姆就是那位目光锐利的先生，由于夏威夷的阳光非常强烈，把毛姆晒得很黑，但他刮过胡子的下巴没晒过太阳，所以比较白。毛姆没注意到这一点，被明智一眼就识破了。

两个牙医

千 萍

在一个偏远的小镇上有两个牙医，一个牙医技术高超，另一个牙医技术非常差。

这一天，新来到镇上不久的B先生想摘掉坏牙，不过他可不想浪费金钱让那个技术差的牙医做手术，那可真是花钱找罪受。

使人伤透脑筋的是他们两人都穿着同样的白色医生制服，加上两人交情非常深厚，所以技术高明的医生决不会告诉别人他的朋友技术差。B先生刚来小镇不久，又找不到合适的人可以打听。

不过，有一点可供参考的是，他们两人之中，其中一位满口蛀牙，另外一位的牙却光亮洁白。聪明的读者，你知道哪一位牙医的技术差呢？

推理揭秘

牙齿洁白光亮的就是那位技术差的牙医。因为前面说过这个小镇只有两位牙医，那位技术高超的牙医因为没有别人替他治牙，自己不能替自己治牙，所以才满口蛀牙。

白纸之谜

雨 蝶

在郊区一幢别墅内，发现了一个盲人老太太的尸体，她伏在书桌旁，手里还拿着织针，书桌上有一张白纸。

F警长负责调查这宗命案，他巡察房内，发觉老太太被谋杀的可能性很大，但是室内又无线索可令警员追缉凶犯，甚至杀死老妇的凶器也不在案发现场，真是伤透脑筋。

警长坐在书桌前沉思，看见了桌上的白纸，灵机一动，忽有所悟，最后，警长就凭这张白纸缉捕到凶手。

这张纸上到底有什么秘密，能帮助警长破案呢？

推理揭秘

老太太虽然眼睛看不到，但心里明白。老太太死前在白纸上用织针刺出了盲文，将她所知道的案犯情况都记录了下来。警长就凭这张白纸将凶手抓到。

糊涂间谍

晓 雪

　　S国的间谍D叛逃后被Z国的间谍机关保护起来，将他藏在某高山滑雪场附近的山庄里。

　　S国间谍部门在得到可靠情报后，派杀手M去除掉D。M在嘴上贴了假胡子，混在大批来滑雪的国外游客中，一面滑雪，一面观察地形，考虑暗杀方案。他在晴朗的天气下滑了两整天雪，到了第三天晚上，他终于溜进山庄，刺杀了D。不过他在逃跑时被Z国保安人员看到，Z国反间谍机关根据目击者的叙述，给他画了像，在各个关口都布置捉拿他。

　　杀手M却早有准备，他撕下贴了几天的大胡子，相信Z国警方一定认不出他来。但结果他在第一个关口就被人一眼认出而遭拘捕，毛病还恰恰出在胡子上，你知道是什么原因吗？

推理揭秘

　　杀手M忘记了自己连着两天都在晴朗的天气下滑雪，脸上已经被雪地上反射的阳光晒黑了，而他贴胡子的位置反而显得特别白，所以Z国的警方一下就发现他曾经化装过。

老板的谎言

佚　名

　　一个下着小雪的寒冷夜晚，十一点半左右，罗波侦探接到报案，急速赶往现场。

　　现场是位于繁华街上一条胡同里的一家拉面馆。挂着印有"面"字样的半截布帘的大门玻璃上罩着一层雾气，室内热气腾腾，从外面无法看见室内的情景。

　　拉开玻璃房门，罗波侦探一个箭步闯进屋里，他那冻僵了的脸被迎面扑来的热气呛得一时喘不过气来。落在肩头的雪花马上就融化掉了。

　　在靠里面角落的一张桌子上，一个流氓打扮的男子头扎在盛面条的大碗里，太阳穴上中了枪，死在那里。大碗里面流满了殷红的鲜血。

　　"侦探先生，深更半夜的真让您受累了。"面馆的老板献媚地赔着笑脸，上前搭话说。

　　罗波马上就想了起来，这就是以前被松本抓到大牢的那个家伙。

　　"啊，是你呀，改邪归正了吗？"

　　"是的，总算……"

　　"你把那个人被杀的情景详细讲给我听。"

"十一点半左右，客人只剩他一个了。他要了两壶酒和一大碗面条，正吃的时候，突然门外闯进来一个人。"

"是那家伙开的枪？"

"是的，他一进屋马上从皮夹克的口袋里掏出手枪开了一枪。我当时正在操作间里洗碗。哎呀，那真是个神枪手，他肯定是个职业杀手。开完枪后他就逃掉了，我被突如其来的事件吓得呆立在那里。"老板好像想起了当时的情景，脸色苍白地回答。

"当时这个店就你一个人吗？"

"是的。"

"那家伙的长相如何？"

"这个可不太清楚，高个子，戴着一个浅色墨镜，鼻子下面蒙着围巾。总之，简直像一阵风一样一吹而过。"

"是吗……"

罗波略有所思似的紧紧盯着老板的脸。

"那么，太可怜了。这下子你又该去坐牢了。你要是想说谎，应编造得更高明一点儿！"罗波侦探如此不容置疑的口气，使面馆老板吓得浑身一哆嗦。

那么，罗波侦探是如何推理，识破了老板的谎言呢？

推理 揭秘

面馆老板说犯罪嫌疑人是个戴墨镜的人，那么进到满是热气的房子时，镜片上难道不会结霜吗？在那种情况下凶手根本就看不清，不会马上射杀受害者。

河边命案

忆 莲

古时候，苏州有一个商人名叫贾斯，他经常外出做生意。这一天晚上，他雇了船夫的小船，约好第二天在城外寒山寺上船出行。

第二天，天还未亮，贾斯便带着很多银子离家去寒山寺。当日光已照在东窗上，贾斯之妻听到有人急急敲门喊道："贾大嫂，贾大嫂，快开门！"贾妻开门后，来的船夫便问："大嫂，天不早了，贾老板怎么还不上船啊？"

贾妻顿感慌张，随船夫来到寒山寺河边，只见小船停在河上，贾斯却失踪了。

贾妻到县衙门去报案，县令听了她的诉说后，便断定杀害贾斯的是船夫。

为什么？请聪明的读者推理一下。

推理揭秘

船夫到贾家敲门时喊"贾大嫂开门"。这完全不合常理，因为船夫要找的是贾斯，他当然应该喊贾斯来开门，这说明他早就知道贾斯不可能在家。

停电的夜晚

雁 丹

为了侦破一起案件，警方对有嫌疑者逐个进行调查。

"昨晚8点钟时你在哪里？在做什么事？"警方仔细盘问着。

"昨晚8点时，我正在家中看书，直至深夜才上床休息。"

警方根据这个人说的情况，再深入调查，知道那天晚上差5分8点时，由于雷电关系，他所居住的那一个区发生停电事故，停电的时间一直延续到第二天早晨。

在对他家的搜查中，也没有发现电筒、蜡烛或其他照明工具，不过，警方最后还是相信他所说的情况，确信他与本案无关，很快便把他释放了。

停电时他是怎样读书的呢？

推理揭秘

嫌疑者自己排除了自己，因为嫌疑者是个盲人。正由于他是盲人，他阅读的一定是盲文书籍，所以停电时不需要亮光。

狗咬主人的怪事

采 青

  某国有个古董商，这天晚上他接待了一位新结识的朋友。新朋友叫史密斯，是个古董鉴赏家。

  寒暄了一阵，古董商很得意地把新近得到的几件高价古玩给史密斯看。史密斯称赞不已。看完后，古董商把它们放回一间小房间，加了锁，并让一只大狼狗守在门口。

  这天晚上，史密斯住在古董商家。

  半夜，史密斯偷了那几件古玩，被古董商发觉，两人打了起来。谁知，那条大狼狗不去咬贼，反而把主人——古董商咬伤了。史密斯乘机带着古玩逃跑了。

  古董商忍着伤痛，连忙打电话到警察局报了案。

  过了一会儿，一位警长和两名警员来到了古董商的家里。财产保险公司也派人来了。如果确实是失盗，保险公司将按照规定，给付过财产保险金的古董商赔一笔钱。

  根据现场来看，确实如古董商所说，他的高价古玩被抢了。

  但问题是，他怎么会被自己的大狼狗咬伤了呢？连古董商自己也无法解释清楚。

保险公司的人说："这是不合情理的事，从来没有训练有素的狼狗会不咬小偷而咬主人的。此案令人难以置信，本公司不能赔款。"

警长注视着那件被撕得粉碎的睡衣，又见那狼狗还围着睡衣团团转，眼睛顿时发亮。他问古董商："古董商先生，请你仔细看看，这件睡衣究竟是不是您的？"

古董商捡起那件破睡衣，仔细看了一会儿，忽然叫道："啊！不！这件睡衣不是我的。我的那件睡衣在两袖上还绣着两朵小花，是我小女儿绣着好玩儿的。"

警长突然说："啊，我明白了，我丝毫不怀疑这个案件的真实性，古董商先生的古玩确实是被盗了。"

后来，那位"古董鉴赏家"史密斯终于被捕归案，原来他是个专门盗卖古董的老贼。

你知道警长是怎么推理的吗？

推理 揭秘

在黑暗中搏斗时，大狼狗并不能很清楚地看到人的样子，只能凭睡衣上的气味咬人，而睡衣是史密斯事先和古董商掉换过的，所以就发生了狗咬主人的怪事。

真是交通事故吗

向 晴

深夜，巡逻警车发现了一起交通事故。

一个头戴安全盔的青年人倒在路上，人已死去。在其尸体前方约三米处，有辆摩托车似乎因撞上电线杆，横在那里。摩托车发动机没有熄火，后轮仍然在空转。

"一定是开快车撞了电线杆才发生这起车祸，摩托车还没熄火呢。"

警察A这么说，但警察B对现场的情况有所怀疑。他认真分析了现场情况后说："不对！这不像寻常的撞车事故。我认为是有人谋杀这个青年后，故意伪装成撞车事故。"

请你分析一下，看谁说得对。

推理揭秘

这根本不是交通事故。关键是尸体的位置不对。如果只是摩托车驾驶者快车撞到电线杆发生车祸，由于惯性的原因，骑车人应该被甩出去，摔到车的前方才对。所以B是对的。

千虑之一失

慕菡

在一个寒冷的冬夜，一名出诊的内科医生被人开车撞死了。

肇事者先是想逃跑，继而又想销尸灭迹，于是将尸体和出诊的皮包一起装进车子里，快速逃离现场。

肇事者在路上转了很长时间，由于车内太热，再加上做贼心虚，他大汗淋漓，吓得不知怎么办好，后来，他镇定下来，把尸体扔在一个池塘里。

"这个尸体在被扔入池塘之前，一定是在24℃的环境中待过。"

警官检查了湿透而冰冷的尸体和皮包之后，一眼就看出了肇事者的破绽。

你知道警官是怎么知道的？

出诊的内科医生是不幸的，但他又是幸运的，因为出诊皮包里的体温计所指示的温度是24℃，虽然池塘里温度很低，但体温计里的水银不会自动下降，这就为进一步破案提供了依据。

找不到的凶器

佚 名

　　一个漆黑的夜晚，警士木村正骑着自行车沿着河边的路巡逻。突然，从下游大约100米处的桥上传来一声枪响。木村马上蹬车朝桥上飞奔而去。他一上桥便见桥当中躺着一个女人，旁边还有一个男的，那个男的见有人来拔腿便逃。与此同时，木村听到"扑通"一声，像是什么东西掉进了河里。

　　木村骑车追上去，用车撞倒那个男的，给他戴上了手铐，又折回躺在桥上的女人身旁。

　　她左胸中了一枪，已经死了。

　　"这个女的是谁？"

　　"不知道，我一上桥就见一个女的躺在那儿，吓了我一跳，一定是凶手从河对岸开的枪。"

　　"撒谎！她是在近距离内被打中的，左胸部还有火药黑色的痕迹，这就是证据。枪响时只有你在桥上，你就是凶手。"

　　"哼，你要是怀疑我，就搜身好了，看我带没带枪。"

　　那男的争辩着。木村搜了他的身，未发现手枪，桥上及尸体旁也未发现手枪。这是座吊桥，长30米，宽5米，犯罪嫌疑人在短时间内是无法将凶器藏到什么地方的。

"那是扔到河里了吗？方才我听到什么东西掉进水里了。" "那是我在逃跑时木屐的带子断了没法跑，就将它扔到河里了，不信你瞧！"那男的抬起左脚笑着说。

果真左脚是光着的，只有右脚穿着木屐，是一种四方形的大木屐。无奈，木村只好先将他作为嫌疑犯带进附近的警察驻所，用电话向总署通报了情况。

刑警立即赶来对现场进行了勘察取证，并于翌日清晨，以桥为中心，在河的上游和下游各100米的范围内进行了搜查。

河深1.5米左右，流速也并不很快，所以枪若扔到了河里，流不多远就会沉到河底的。然而，尽管连电动探测器都用上了，将搜查范围的河底也彻底地找了一遍，但始终未发现手枪的踪迹。

同时石蜡测验结果表明，被当作嫌疑犯的男人确实使用过手枪。他的右手沾有火药的微粒，是手枪射击后火药的渣滓变成细小的颗粒沾在手上的。另外，据尸体内取出的弹头推定，凶器是一把双口径的小型手枪。

最后经过仔细调查才发现手枪已漂流到离桥很远的下游。恰巧那天夜里没有月亮，夜色漆黑，木村自然没看见手枪在河面上漂走的情形。

那么，凶手在桥上射死了女子后，究竟是怎样藏起手枪的呢？

推理揭秘

其实凶手的枪早已经和他的木屐一起掉入河中了，凶手是用结实的纸绳将手枪绑到木屐上之后扔到河中的。这样一来，小型手枪就顺水漂向了下游。

他关心兄长吗

宛 彤

约翰的兄长有一只脚有毛病。约翰每天下班都要到医院去接兄长，然后一起回家。

这一天，约翰又来到医院，护士小姐说："你哥哥正在做手术。"

约翰满不在乎地说："那么，等他做完手术我再来。"

从以上这段对话来看，你是否觉得约翰这次对他兄长太不关心了，而约翰确实是非常爱他兄长的。

推理揭秘

如果约翰的兄长是一名病人，那么约翰的满不在乎是不关心的表现，但事实上约翰的兄长是一名医生，不是自己在做手术，而是在为别人做手术，所以并不能说他不关心自己的兄长。

智寻破绽

冷 薇

在西方某国，一个重要人物被暗杀。警方怀疑A是凶手，不过，A却强调案发时自己不在现场，当时他在家里和朋友B一起看电视，而那个节目是现场直播的，他还能清楚地说出电视的内容。

警方向B查询，他们认为B是不会作伪证的，但B提供的内容与A说的一样，案发时B的确是和A在一起，边喝酒边看电视。警方知道B是一个酒鬼，经过调查，发现B确实没有说谎，但是A利用B的弱点，使B做了自己不在现场的证人。

A利用了什么方法，你能猜出来吗？

推理揭秘

虽然B不会作伪证，但是当天他喝多了酒，于是A就利用这个机会播放了录像让B误以为当时是直播，再趁着B喝多睡着之时作了案。

雨后劫案

佚 名

吴志雄在午餐时间去拜访警局的刘队长，刘队长请他吃了一大碗的猪排饭，因为他正是为此而来的。刘队长无奈地摇摇头，自从他们认识以来，就没见吴志雄的生活好转过。

"这几天都没有什么重大的案件发生。前几天一位名字和我酷似的警员破获了一起枪杀案，媒体就大肆报道，真是不公平。我上次侦破的那件抢劫案，为什么就没有人来采访我呢？"吴志雄边舔着饭碗里的米粒边说道。

窗外忽然下起一阵大雷雨，驱散了街上的行人。不一会儿，雨停风歇，晴空中出现了一道亮丽的彩虹！

"哇，好漂亮的彩虹！"刘队长打开窗户，笑着说道。他所面对的正好是东西向的交通要道，彩虹一览无遗地呈现在他的眼前。

"说到彩虹……我想起来，基隆有一家海鲜店，那儿的红鱼很不错……"吴志雄边用牙签剔牙边说着。

就在那时，路旁一家珠宝店忽然被几名歹徒闯入，抢了不少的金戒指和几十条金项链。

刘队长火速赶往现场，详细调查了歹徒的特征与外貌，下令全面追查刚刚逃走的歹徒。过了半天，捉回来三名外形符合的嫌疑犯。

第一个嫌疑犯激动地说："什么抢劫？那是几点钟发生的事？5点30分？我正在南公园附近的小吃店吃面，下雨时我躲了一会儿。雨停了，才走没多远就被抓了，为什么？"

第二个嫌疑犯说："突然下起大雷雨，我很怕闪电和打雷，所以去附近的咖啡屋避雨。等到雨停了，我走到教堂前忽然看到彩虹，就停下脚步观赏。因为看得太久，而且阳光又很刺眼，所以就离开了。但是却被警察抓来，真不知是为什么？"

第三个嫌疑犯也接着说："我和女朋友在书店买书，因为下雨，只好一直待在店里。出来之后，我们就分开各自回家了。什么？要找我女朋友！别开玩笑了，她只是我在书店认识的小女孩儿，连她叫什么名字我都不知道。什么彩虹？我没看见，反正我什么事都没做。"

吴志雄一会儿双臂交叉，一会儿抓抓头发，一点头绪也没有。刘队长此时沉默了一下，断定这三个人中有一个人在说谎。想一想，你们知道是谁在说谎吗？

推理 揭秘

强盗是第二个人，因为根据现实中的自然规律，彩虹的位置永远和太阳相反，所以看彩虹时绝对不会觉得阳光刺眼，那么自然是第二个人说了谎话。

香烟的联想

冷 柏

E探长半夜去拜访他的老朋友——一位心理学博士，请教刚发生的一起案件。

"三天以前，在郊外某别墅内有一位漂亮的女子被杀害，根据推断，作案的时间可能是下午1点30分到2点之间，而……"

"对不起，探长。请给我一支烟。"博士接过香烟，深深地吸了一口。

探长又继续说："现在发现两个人有嫌疑，一个是死者的男友，另一个是去推销商品的推销员。有人在别墅大门外见到过他们，但是他们都说是刚好从那里路过，没进过屋里。因为证据不足，无法确定谁是真凶。"

博士留心听着探长对案情的叙述，当他听到在别墅门口台阶上找到一支只吸了一两口的烟蒂时，眼睛突然一亮，"这两个人都会抽烟吗？"博士打断了探长的话。

"都会抽烟，并且他们口袋里的香烟和现场发现的烟蒂都是同一个牌子，因此，不好确定谁是真凶。"

博士吸完最后一口烟，掐灭烟蒂，然后肯定地说："凶手就是他！"

究竟博士说的凶犯是谁，你能推断出来吗？

推理 揭秘

凶手就是来推销商品的推销员。因为推销员不会衔着香烟进屋推销商品的，因此那支只抽了一两口就掐灭的香烟蒂，应该是推销员丢在门口的。

名贵项链失窃

佚 名

在一个热闹的舞会上，A夫人突然大声喊叫，说自己名贵的珍珠钻石项链被盗了。

在场的警方人员封锁了现场，然后报告给著名的B探长。

B探长来到现场后，经允许搜遍了所有在场的客人和各个角落，但是仍然没有线索。

于是，B探长对A夫人进行了询问，并到她购买这条名贵项链的珠宝店进行了调查。

珠宝店经理把A夫人所买项链的幻灯片资料放给B探长看。B探长看完后笑笑说："果然不出我所料，我已经知道这条名贵项链是谁偷的了。"

推理揭秘

偷窃这条名贵项链的正是A夫人自己，项链没有挂钩，如果有人将项链扯断，珍珠肯定撒得满地都是，只有A夫人自己才能将项链脱下。

矮个子侦探

碧 巧

"只要肯干，像我这样矮小的人，也是可以干出成绩的。"世界上最矮的侦探、身高只有1.14米的路西奥·平克曾经这样说过。

对于26岁的平克来说，侏儒身型并不妨碍他成为一流的侦探，相反，还为他侦破不少案件提供了其他侦探所不曾有的方便。

一次，一个富翁担心儿子被绑架，聘请平克做保镖。平克干脆穿起校服，与富翁的儿子一起上学。一天，当他俩离开学校时，突然驶来一辆汽车，跳出了一个大汉，冲向富翁的儿子准备绑架他。平克见状立即带着富翁的儿子跑进一间拥挤的商场，混入人海之中，因此逃脱了绑架。

又有一回，平克与另一名侦探调查一名军火商，要查出他是否出入一家豪华大酒店。但酒店拒绝他们翻阅住客登记册，并将登记册锁在经理办公室内。然而，平克去体育用品店买了一只大提袋，顺利地找到了登记册，完成了任务。

聪明的小侦探，你知道矮个子侦探是怎样完成任务的吗？

推理揭秘

　　原来平克自己钻进了体育用品袋中，让另一个侦探拎到酒店里寄存大袋，经理并不知道其中的蹊跷，同意放在经理室内。平克等经理离开后，找到登记册，拍完照又钻回袋里成功地完成任务。

时间的误差

静 松

抢劫芝加哥某银行的劫匪，在作案后驾车向东逃向纽约城，进入纽约市区范围后，遇到警方的检查岗。根据芝加哥警方传过来的资料，检查岗的警察认为这个人很有嫌疑，于是随便地问了他一句：

"请问现在是几点钟？"

"十点半。"他看了手表后回答。

"原来你就是抢劫芝加哥银行的劫匪。"警察肯定地说。

"你别乱说，我住在纽约已经有一个月了。"

"你说谎，你手表的时间不对。"警察说完后就逮捕了他。

那么，警察凭什么线索知道嫌疑犯在说谎呢？

推理揭秘

在同一国家，两地的时间很可能不同，美国的芝加哥和纽约有一小时的时差。当警察询问疑犯时，纽约时间(东部标准时间)应该是十一点半。但是疑犯开车到纽约，却忘了调校自己手表的时间，因此才被警方识破。

大难不死

一般的人心脏在左胸，但也有人的心脏在右胸，虽然这种人很少，但娜亚就是其中一个。

谁偷了文件

芷安

某公司保卫科保密柜中编号为1045的机密文件被人偷了，该科保密员A立刻向安全局报案。

安全局工作人员E接到报告后，立刻赶来调查此事。

失窃机密文件一事只有保密员A一人知道，E嘱咐A不要声张，经过调查和分析，推断可能是科内人员作案。

E让A找来了知道保密柜号码的其他三个人。

"因为发生了一点事情，所以我想请你们说明昨天下班之后的行踪。"E对三人说。

"我在5点钟和朋友一起去吃饭，9点多我们分手回家。总务科的小石一直和我在一起。"孙某很坦然地说。

"我直接回家，走到半路才发现忘拿手提包了，于是又回来一趟，当时老王还没有回家。今天我因家里有事，打电话请了假。关于1045文件失窃之事，我一点儿都不知道。"乔二理神色自若地说。

他们三人刚说完，E忽然指着其中一人说：

"就是你偷的！"

究竟谁是窃犯呢？

推理揭秘

偷窃犯应该是乔二理。因为机密文件失窃只有保密员一人知道，乔二理不但知道发生了窃案，还能说出文件的编号，不是太奇怪了吗？他这是不打自招。

大难不死

雪 翠

警察局的值班员突然接到一个女子的报警电话，她用十分微弱的声音说道："我是电影明星娜亚，住在A街40号楼304房间，我刚被人用匕首刺伤了……"

当警察赶到现场时，只见娜亚伏在床边，她的左胸上插着一把匕首，鲜血不断涌出。匕首所刺的位置正是心脏的位置，照理应该没命了，但她还活着，并且除了身体已十分虚弱外，情况似乎不太严重，这使在场人员都感到惊奇。

当娜亚被止住血，送往医院后，医生在给她做过透视检查后说："幸好凶手不知你的特殊情况，否则你就没命了。真是大难不死呀！"

娜亚被刀刺左胸为什么不死的呢？

推理揭秘

一般人的心脏都长在左胸口处，但也有极少数人的心脏长在右胸，虽然这种人很少，但凑巧的是娜亚就是其中的一个，从而幸运地躲过了一劫。

轿车失踪

佚 名

维克是一个爱车如命的人。这一天，他驾着他那辆豪华轿车，到一家咖啡店去赴约。因为咖啡店附近没有停车场，维克只好把车停在咖啡店门外。

他在咖啡店里和人正谈着生意，突然觉得还是把车放在停车场最安全，于是匆匆向对方道歉，请他稍等一下，三步两步赶出门去，可是他那辆豪华轿车已无影无踪了。

维克知道车被人偷了，立刻打电话报警。但是他无法理解的是咖啡店门外人来人往，非常热闹，而且这辆车的车门很牢，又加了防盗锁，一般人是无法打开的。

那么，窃车人是用什么方法在光天化日之下把娇车偷走的呢？请你帮助想想看。

推理揭秘

窃车人只要在维克的轿车上挂上"违例停车"的牌子，就可用其他汽车把维克的车当众堂而皇之地拖走，而街上来来往往的行人，一般是不会注意到这种事情的。

艾特的谎言

雅 枫

某日午夜12时，一幢公寓大楼里发生了一起盗窃案。窃贼趁507室主人去旅游，而将室内现金及贵重物品全部偷走。贼在由一楼窗户跳出时惊醒了大楼管理员，管理员立即报警，警察连夜赶到现场。

住在506室的艾特嫌疑最大，他是个单身男子，一贯不务正业。警察到506室敲门，无人应答，看来艾特没在家。

直至早晨8时，艾特才由外面回家，他穿着一套整齐的钓鱼服装，手里拿着钓鱼用具。见到警察来访，艾特显得并不惊慌。

"对不起，艾特先生，昨天晚上12时你在哪里？"警察问。

"昨天晚上？"艾特说，"我昨天早晨7时就出去钓鱼，一直到现在刚回来。"

就在这时，桌子上的老式闹钟突然"零——零——"地响起来。艾特立刻吓得面如死灰，警察也面色一沉，说："没错，是你作的案。"

警察是怎样知道艾特在说谎呢？

推理 揭秘

　　警察一听到闹钟立刻知道艾特是在撒谎，连艾特自己也知道事情已经败露。因为老式闹钟只能在12小时之内定时，如果艾特昨天早晨出去，那么闹钟绝不可能在今天早晨响，他肯定是昨天晚上还待在家里，并且给闹钟定过时。

不可思议的子弹

沛　南

一个曾被特务诱骗上当的体操队员Ａ，在一个春天的早晨，在自家的庭院中遭人射杀身亡。公安人员认为凶手是从隔壁大楼的屋顶上将这一女子射杀的。

但子弹却是从死者的肚脐射进，由右肩贯穿出来的，也就是从下面向上射出的。

"怎么会有这种事？"

在场的公安人员都感到不可思议。

因为，如果凶手是由高约二十多米的7楼屋顶上将被害者射杀的话，子弹绝不可能这样进去。

这究竟是什么原因？

推理揭秘

因为这名女体操运动员被射杀的时候，正在院子练习倒立。所以，从高处屋顶上射下的子弹，才会从肚脐贯穿到肩部。被害者在非正常姿势情况下遭人杀害，尸体所显示的情形，常常会搅乱侦查的方向。

星座破案

语 梅

5月1日晚上8点，有位年轻男子在家中被杀，警官A立刻赶到现场，调查情况，最后认为有四个人嫌疑比较大。

但是这四个人都说自己有不在现场的证明。

A说："7点50分时几个朋友来找我，我们还在一起用闪光灯拍了照片，照片上自动打印有日期。"

B说："8点整收电费的人来了，我付给他钱后，又请他进来坐了半小时，呶，这是收据，收电费的人可以为我作证。"

C说："当时我正在山顶观察星星，昨晚看到的北斗七星是这个形状的，我可以画给你们看。"

D说："我们全家昨晚都在看电视，我可以告诉你8点时正演什么节目。"

这四个人中有一个人的讲话有明显的破绽，警官A立刻指出他是在撒谎，你也发现了吗？先仔细看看图吧。

推理揭秘

　　C说了谎，北斗七星的斗柄在不同的季节位置差别很大，他所画的北斗七星是秋季的样子，但是现在才是5月。

吹牛的侦探

佚 名

某富翁为了寻找失踪的儿子，想雇用一个私人侦探。

富翁对前来应聘的私人侦探A说："我决定是否雇用你之前，先要知道你是不是一个机警的人。"

A立刻说："我最大的特点就是机警。"为了证明这一点，他给富翁讲了一个故事。"

"两年前的一天，我到郊外的水塘去钓鱼。就在我注视水面的浮漂动没动的时候，突然水面出现了一个影子，正是我的仇人阿七，他曾经由于我的揭发而入狱。想不到他出狱以后，仍怀恨在心，企图报复。他手中拿着一把短刀，偷偷地走过来，我故意不做声，正当他靠近我身后时，我把鱼竿向后猛力一挥，鱼钩钩住了阿七，我立刻回身挥拳向他猛击，将他制伏。"

富翁听完私人侦探的故事，沉默了一会儿，便说道："我不喜欢雇用乱吹牛的骗子，你回去吧。"

私人侦探A被说得尴尬万分，他实在不知道自己编的故事出了什么破绽，被富翁一下就看破了。

推理 故事

聪明的读者，你知道其中的奥秘吗？

推理 揭秘

我们所见到的池塘水面的倒影，只能是比自己距离水面更近的人，但侦探A却说阿七在他身后时他看见了倒影，所以他说了谎。

密信藏在哪里

秋 旋

这是一封非常重要的信，信的内容关系到两家公司之间订立条约的事项。可是，信竟然被偷走了。一旦泄露出去将对两家公司造成重大经济损失，后果不堪设想。

两家公司立刻报了案，侦查人员通过精心的侦查，知道偷信人的职业和家庭地址，于是他们趁白天主人出去的时候潜入偷信间谍的家里，但虽然知道信就放在房间里，却搜索了几次都毫无所获，只好请大侦探明智出马。

大侦探明智潜入偷信人的家里。虽然偷信人把信藏得很隐秘，可是当明智把右手边的电灯打开，马上就知道藏信的地方。

究竟信藏在哪里呢？请你马上回答。

推理揭秘

原来信放在灯罩里，侦查人员白天来翻找由于用不到电灯，所以就忽略了这个细节。而大侦探一打开电灯，信的影子投射出来了，一看就明白了。

亨利中士的妙法

诗 槐

亨利中士带领的一队士兵在小镇上遭到德军的狙击。德军在教堂的钟楼上堆满沙袋，机关枪架设在沙袋上，因为钟楼是这一地段的制高点，亨利的士兵被机枪的火力压在一小段矮墙的后面，根本无法抬头。德军的狙击手枪法十分准确，稍有不慎就会丧命。

"糟糕！这样很容易被敌人消灭！"亨利骂道。他甚至看不到钟楼上有多少敌人，只能见到上面的大钟，他突然心生一计。这个妙计终于把大家都救了。

他用的是什么方法呢？

推理揭秘

虽然看不到精准隐蔽的狙击手，但是士兵们可以很轻易地瞄准他们上方的大钟，亨利命令手下一起向大钟开枪，震耳欲聋的声音让狙击手难以忍受而纷纷从钟楼上跑下来，从而给亨利制造了机会。

狡猾的小偷

千 萍

深夜，一个小偷钻进一家文具店，偷了保险柜里的3000元现金，这些现金都是1000元一张的大票，实际上只有3张钞票。不巧的是他刚离开文具店十几米，就在巷子转角处遇到一个正在巡逻的警察。

"喂！等一下！"

由于他举止慌张，所以就被那个警察带到附近的派出所去了。这时，恰好有人打电话报案，说文具店被偷了。他当然是嫌疑犯。但是，经过仔细搜查，在他身上不但没有找到失窃的3000元，就连一张100元的钞票也没有。因为没有证据，最后只好将他放了。

但是，就在此事发生的第二天，小偷却拿到了那3000元钱。

这个窃贼偷了文具店之后，究竟把钱放在哪儿了呢？当时为什么翻不出来，现在他又是如何拿到这笔巨款的呢？

并且，当他被释放后，警方便一直派人跟踪他，他确实没有离开房子一步。当然，他也没有再回到现场，而且也没有同伙。

推理揭秘

　　这个小偷事先准备好了一个写有自己地址并贴上邮票的信封，然后才去行窃，他将偷来的3000元钞票装进这个信封，然后投入文具店前的邮筒中才逃走的。

瘸腿兰姆

雨　蝶

A是驻守在边境某小镇上的一名边防战士，在一个深夜里，他独自在镇子外面站岗，突然发现一个瘸腿的人，鬼鬼祟祟地向军火库靠近。战士A大声命令那个人站住，那个人拔腿就逃，在灯光下战士A认出了那个人就是敌国经常派来搞破坏的瘸腿兰姆。

战士A向他追去，但因这里距离国界线太近，他又喊：

"再跑我就开枪了。"

子弹准确地打中了兰姆的右小腿，只见那人弯了一下膝后又继续跑。战士A急忙又开了枪，又击中了兰姆的右小腿。

但那人仍然跛着脚在跑。

几分钟后，边防战士们听到枪声都赶来了。但让大家纳闷儿的是地上竟然连一点儿血迹都没有，于是有人怀疑A是不是看花了眼，子弹根本就没打中兰姆，A却一口咬定他看得清清楚楚。

右腿中了两发子弹，都没有流血，还能继续逃跑，这就怪了。

你知道这是什么原因吗？

推理揭秘

　　肯定是击中了。因为兰姆被射中的右腿是假肢。假肢当然不会流血，也不会有疼痛的感觉。所以，瘸腿兰姆仍然可以跛着脚继续奔跑，地上也不会有血迹。

听不到的爆炸声

晓 雪

加里森敢死队接受一项任务，要窃取德军研制某种新式武器的设计图纸。图纸藏在一座古堡的密室中，古堡的周围是20米宽的护城河，根据情报得知密室与河堤只隔着一道墙。如果夜间潜水游近那道墙，选择好位置，用水下炸弹将墙炸开，就可以进入密室，拿到图纸。于是，加里森等一行六人乘轰炸机，在一个漆黑的夜晚飞向这座古堡。刚起飞不久，有一位队员大声说："我来之前把遗嘱都写好了，这次行动很难安全脱身。"其他人恍然醒悟，是呀，水下炸弹在夜深人静时一爆炸，德军肯定会用重火力封锁爆炸的地方，取到图纸，安全撤离可不容易。队长加里森却笑笑说："放心吧，伙伴们，我早已想好了，德军根本不会理睬爆炸声的。"

这是为什么呢？难道德军听不见轰隆响的爆炸声吗？

推理揭秘

　　加里森早就将一切都考虑进去了，所以他才率队乘轰炸机去完成任务。他要在队员潜水的同时，安排轰炸机对古堡进行空袭。一片混乱中，德军自然不会注意到轰隆响的爆炸声。

报时鸟破案

佚 名

星期六下午，一个建筑公司的老板被发现死在别墅里。

被害者在死前似乎激烈地反抗过，台灯、烟灰缸、花瓶、电话掉得满地都是。就连墙上的挂钟也掉在地上。发条停止了，指针也碰掉了。人大约死了两天，死亡的时间据法医推测是星期四的晚上。

"如果挂钟的指针没有掉的话，就能知道准确的作案时间了……"

公安人员拾起地上的指针，遗憾地说。他把钟挂到墙上，突然齿轮又开始转动了，原来钟的机械部分并没有损坏，只是掉下来时齿轮被地上的东西卡住了。"现在正好是3点吧？"侦查人员看了看自己的手表。

侦查人员继续搜查现场，把挂钟这件事已经忘了，突然挂钟上的小门打开了。一只小小的报时鸟探出头来，以很可爱的声音报告现在是9点。

那位侦查员又看了一眼自己的手表：3点15分，他猛然醒悟过来说："我知道案发的时间了！"

那么，犯罪时间，也就是这个挂钟掉到地上的时候，是几点几分呢？

推理 揭秘

　　公安人员在3点钟时将钟挂到墙上，钟又开始走动，过了15分钟，报时鸟就出来报告是九点钟了。这就表明，在星期四晚上差15分9点时，这个挂钟掉在地上停止走动。所以作案的时间是8点45分。

司机劫包

忆 莲

一天晚上，在瑞士某小镇上，一名年轻女子跑到警察局报案。她对值班人员说：

"我独自一人在路上行走，后面开来一辆汽车，我靠到公路左边，汽车从我的右侧通过，就在靠近我那一瞬间，从汽车里突然伸出一只手，把我的皮包抢走了。希望你们尽快把抢劫犯捉住。"

"汽车里面有几个人？"

"只有司机一人。"

"你还记得车牌号码吗？"

"我向前追了几步，看清车牌号码是9238。"

警方马上寻找这个号码的汽车，但很凑巧有两辆汽车都是这个号码，一辆是A国的，另一辆则是B国的。

抢劫犯所开的车究竟是哪一辆呢？

（提示：A国的交通规则规定行人和汽车都是左侧通行，B国是右侧通行。）

推理 揭秘

抢劫这位姑娘的是B国司机。

规定右侧通行国家的汽车司机座位在车的左边，而规定左侧通行国家的汽车司机座位应在车的右边。由于抢劫犯只有一人，一边开车一边抢东西，并且他是从姑娘右侧抢走的包，所以司机的座位肯定是在左边。

真假《百马图》

雁 丹

北宋时，有一天在京城街头，一人手执画卷，高声叫卖："珍藏名贵古画《百马图》，识货者请莫错过良机！"行人一听是《百马图》这幅名画，立刻围拢过来，只见画面上群马嬉戏，踢腿昂首，千姿百态，无不栩栩如生，其中最引人注目的要数一匹红鬃烈马，它圆睁着双眼在俯首吃草。

卖画人正在介绍这幅画，忽然听得人群外有人冷笑几声，说："各位，真正的《百马图》在这里，他那幅画是赝品！"说毕也展开一幅画。

众人一看，不由连声喊奇，两幅画几乎一模一样，只是后一幅画中埋头吃草的红鬃烈马双眼闭合，好像是边吃草边打瞌睡的样子。

这下可就热闹了。两个卖画的人争论不休，都说自己的画是真迹，对方的画是假货。

人人都知道，《百马图》的作者非常熟悉马的生活习性。亲爱的读者，请你判断一下这两幅画的真伪，并说明根据是什么。

推理揭秘

　　前一幅是假的，后一幅才是真的。马在草丛中吃草时，会本能地闭合双目，是为了防止草叶刺伤眼睛。名画的作者是画马大师，非常熟悉马的生活习性，不会不注意到这一点。

陈学士巧借绝句

采 青

南宋时的大卖国贼秦桧的孙子秦埙，是个不学无术的家伙，每天只知道吃喝玩乐，根本不懂诗书文章。

这一年春天，秦埙参加京城的会考，题目下来之后，他也不管看懂没看懂，乱写一气。主考官是秦桧的走狗，看了卷子也是紧皱眉头，哭笑不得。但他为了拍马屁，仍然建议取秦埙为状元。消息传出来，各地进京赴考的学子不服，联名上书皇帝。

皇帝为息众怒，令当时很有名气的翰林学士陈子茂给秦埙出题重考一次。秦埙答完了卷子，陈学士把卷子接过来一看，不由哈哈笑起来，沉吟片刻，在卷首上写下杜甫的两句诗：

> 两个黄鹂鸣翠柳，
>
> 一行白鹭上青天。

皇帝看了这两句诗，心里不由暗暗叫苦；秦桧看了这两句诗，气得说不出话来，却又不便发作，告状的学子们听说这两句诗，不由奔走相告，结果流传至今。

亲爱的读者，让我们动动脑子，看能不能悟出陈学士巧借绝句的妙处。

推理 揭秘

　　陈学士讽刺秦埙的试卷为"不知所云，离题(堤)万里"。陈学士之所以用杜甫的两句诗来评价秦埙的试卷，是因为他不敢明说，怕得罪位高权重的秦桧。

指纹破案

　　警方发现遗书有擦过的痕迹，铅笔末端的橡皮也曾被使用过，但铅笔上却只在B握笔处有指纹。按照常理，曾用铅笔写遗书，又曾用橡皮擦，指纹不应只有一处，起码在铅笔上下两处都有指纹。这证明B的指纹是被人杀死后印上的。

奇怪的转盘

向 晴

在第二次世界大战中，加里森的小分队有一次受命从德国参谋总部保险柜里偷一份机密文件。

小分队设法潜入德国参谋总部对面大楼的某个房间里，因为时值盛夏，所以参谋总部每扇窗户都是敞开的，他们轮流用望远镜监视放有保险柜那个房间的情况。

当小分队的负责人加里森观察时，德军司令官突然走过去开保险柜，他忙命令部下说："现在德军司令官正要打开保险柜，立刻把我所说的记下来，右5，左13，右4。"

于是，当天深夜，加里森小分队潜入参谋总部大厦。

在手电筒的光线下加里森依照白天记下的"右5，左13，右4"转动保险柜上的转盘，但是保险柜却打不开。加里森转动了好几次，结果都是一样。他站起来观察了一下房间，突然醒悟过来，他又转动3次，保险柜很容易就被打开了。

推理揭秘

　　白天用望远镜所看的是反映在镜子里面的影像。因此，白天所看到的德军司令官打开保险柜时转动转盘的方向与实际方向刚好相反。加里森在看到房间里镜子的时候才发现真相，重新按反向旋转，终于打开了保险柜。

美军医院

慕 菡

1945年，盟军登陆诺曼底的前夕，为了搜集情报，英国情报部特别派出情报员雅伦到德军占领区去。

雅伦由飞机跳伞降落，不幸在降落中发生事故，他落地时摔伤脑部昏迷过去。

当雅伦醒来的时候，发觉自己躺在一间病房里，墙上挂有一面美国星条旗，医生、护士都讲着满口流利的美式英语。雅伦被弄糊涂了，到底他是被德军俘虏，还是被盟军救了回来呢？

这间美军医院，是真的还是伪装的呢？雅伦必须自己作出决定。他数了数美国国旗上的星星，上面共有50颗星，雅伦忽有所悟，找出了答案。

这到底是真的美军医院，还是假的呢？

推理揭秘

是假的。虽然美国在1867年买进阿拉斯加，1898年并进夏威夷，但直至1949年，这两处地方才分别被定为联邦一个州。在1945年，美国只有48个州，所以美国旗上应该只有48颗星。

指纹破案

宛 彤

　　犯罪分子在作案后往往会尽可能擦干净自己留下的指纹，甚至有的犯罪分子还要把别人或受害者的指纹印在现场，以求制造混乱，但是也有弄巧成拙的时候。

　　A和B是生意上的合伙人，A后来起了谋财害命之心，将B杀死，然后伪造B自杀的现场。A先是假冒B的笔迹，用铅笔写了份几乎可以乱真的遗书，由于A有点儿紧张，写错了一个字，又用铅笔末端的橡皮擦干净，然后补写上。干完这些之后，A把自己在铅笔上的指纹全部抹掉，印上B的指纹。A又用同样方法，把B的指纹印在毒酒杯上。A以为这样一来肯定是万无一失，没想到警方到现场一调查，很快就判断出B是被人杀死的。你知道警方发现了什么疑点和证据？

推理揭秘

　　警方发现遗书有擦过的痕迹，铅笔末端的橡皮也曾被使用过，但铅笔上却只在B握笔处有指纹。按照常理，曾用铅笔写遗书，又曾用橡皮擦，指纹不应只有一处，起码在铅笔上下两处都有指纹。这证明B的指纹是被人杀死后印上的。

难防毒手

佚 名

阿D和阿雨在生意上有合作关系，但最近为了一宗大生意，阿D怀疑阿雨想害死他，但又不能不和他来往，因此，阿D处处提防着阿雨。

这一天，阿雨请阿D喝咖啡。为了使阿D相信自己，阿雨先倒了一杯给自己喝，然后又给阿D倒了一杯。

"阿D，我们是合作的伙伴，我处处都离不开你。你可不要听信别人的坏话，对我有什么怀疑呀！"阿雨一边说着，自己先喝了一口。

阿D被阿雨说得有点儿不好意思，又看阿雨先喝了，自己也喝起来。谁知喝完咖啡不久，腹内痛如刀绞，中毒倒在地上，阿D直到死前1分钟还不知道自己是怎么中的毒。

推理揭秘

毒药是藏在壶盖里的。因为阿雨给自己倒咖啡时没有盖壶盖，而在给阿D倒咖啡时，却把壶盖上了。这真是防不胜防，倒霉的阿D死都不知道自己是怎么死的。

急中生智

冷 薇

某夜，间谍J潜入K公爵的住宅，从三楼卧室偷出一份重要的信件，正要离开房间，听到门外有脚步声——K公爵参加晚会回来了，J的处境十分危险。幸好窗下有一条运河，J若跳进运河就可以脱身，但顾虑信件会被弄湿。犹豫中看到自己的助手在对面的一幢房子的窗口向他打手势。J灵机一动，打算先把信件递给助手，再只身逃走。他钻到窗外，站在窗台上，探身，伸手，很遗憾，还差七八十厘米够不着。手边又没有杆子或棍子之类的工具。对面楼房的突台很窄，跳过去又没有落脚之处。把信件扔过去，又担心被风刮跑。一时，足智多谋的间谍J也束手无策。

"有了！就这么干。"J急中生智。什么工具也没用，就把信件安全地递给了助手。然后，只身跳入运河之中安然逃去。

你知道J是怎样把信件递过去的吗？

推理 揭秘

　　足智多谋的间谍J用脚趾夹住信件递过去，助手也用脚趾接过来，他们就这样窃走了信件。如果两人伸出手还相差七八十厘米够不着，换做脚就能够着了。

机智脱身

佚 名

一位机智的间谍肯尼，为了搜集情报，混入了K国举行的一个外交集会。

肯尼伪装成一个记者，他背了照相机和闪光灯，利用伪造的证件潜入会场。

就在他不停地拍照的时候，一名K国保安人员向他走过来。他对肯尼说："把你的证件给我看看。"

肯尼拿出证件，那个保安人员细心地看了一会儿，突然严肃地说："你的证件是伪造的，你到底是什么人？"

保安人员边说边伸手从衣袋里掏出手枪。

肯尼知道自己身份已经暴露，必须立即逃走，好在他站的地方离大门十分近，但如果就此转身，对方只要一开枪，自己就会被击中。怎么办呢？

你能帮他想出一个迷惑对方、争取时间逃走的办法吗？

推理揭秘

　　因为间谍肯尼距离大门十分近，只要用闪光灯向那个保安人员的眼睛闪一下，使那个保安人员暂时看不见东西，没法开枪，就可以趁机从大门逃走了。

明星殒命

冷 柏

著名女歌星丽达在半夜时分，突然从她所住酒店的客房阳台坠落到地面而死亡。警察赶到现场调查，发现屋内没有遗书，丽达之死不是自杀。现场调查表明，丽达是酒醉以后，不知为什么爬过阳台栏杆，由那里滚落下来摔死的。

据了解，丽达生前不但没有酗酒的习惯，甚至连酒都很少喝。既然如此，丽达很可能是被人推下来摔死的，但是酒店服务员清楚地记得，她的男友在事发前半小时即11:30离开酒店，以后没有其他人进过丽达的房间。

警察找到了丽达的男友，但他拒不承认自己杀了丽达，而是说是因为他提出要与丽达分手，丽达想不通跳楼自杀的。另一方面，他说丽达跳楼自杀的时间是半夜12点，而他是半夜11:30离开的，从时间可以证明不是他杀的。警方经过一番调查后，证明凶手就是丽达的男友。

请读者想想，凶手是怎样谋杀这位明星的？而且有时间证明他是无罪的？

推理揭秘

　　丽达事前被人用酒先灌醉，再被放在了阳台栏杆上。当她酒醒时，并不知道自己身处何处，因为想从栏杆上爬起，结果失足跌落下去。而凶手就是她的男友。

不翼而飞的邮票

凝　丝

有兄弟三人，他们共同的爱好是收藏珍品。老大喜欢收藏古玩，老二喜欢收藏邮票，老三喜欢收藏书籍。他们家有一个很大的玻璃柜，大家都把珍品放在柜中共同欣赏。这个柜的钥匙放在一只很精致的小铁箱中，小铁箱藏在一个十分秘密的地方。

有一天，老二带了一个朋友回家，准备让他欣赏自己最近收藏的一张稀有邮票。

老二当着朋友的面，从铁箱中取出钥匙打开柜子，拿出邮票给朋友欣赏。这位朋友也是收藏家，他对这张邮票爱不释手，央求老二高价转让给他，老二坚决不同意，朋友只得作罢。老二又小心翼翼地把邮票放回柜中锁好。

第二天，老二又想取出那枚邮票欣赏一番，但他吃惊地发现邮票已经不翼而飞了，而柜子依然锁得很好。于是他立即报警，警方在现场找不到一丝线索，因为凡是应该留下指纹的地方，包括钥匙上面，都被抹得干干净净。但正因为如此，警方推断出邮票是老二的那位朋友偷去的。

你知道警方为什么这样推断吗？

推理 揭秘

　　兄弟三人用过钥匙之后是不必抹去指纹的，因为铁箱是他们所共有的，而如果是老二朋友拿的则不得不抹去自己的指纹，却不想反而帮助了破案。

妙破黄金案

佚 名

日本的黄金党，屡次作案，使负责这一案件的麦诚探长大伤脑筋。

有一次麦诚探长获取可靠情报，黄金党正偷运大批黄金入境，麦诚探长和助手田中立即前去拦截。据情报已知，运载黄金的汽车是一辆白色全封闭的货车。

麦诚探长和田中果然见到白色货车，但不是一辆，而是两辆。它们不但颜色一样，并且式样大小都相同。田中问麦诚探长应该拦截哪一辆车才对，麦诚探长果断地说："应该拦截后面那一辆。"

果然不出麦诚探长所料，后面那辆车内装了大批黄金。田中不知麦诚探长是怎样猜出来的，麦诚探长说："不是随便猜的，我有根据。"

你们知道麦诚探长的根据是什么？

推理揭秘

大批的黄金绝对是相当有分量的货物，由于后面的汽车轮胎被压得很瘪，所以能从中判断出后面的汽车里装载了非常重的东西。

看不见的凶器

碧 巧

在二楼休息室睡午觉的某电脑公司总经理，被潜入室内的凶手杀死，而且是被什么锐利的东西割破喉管死亡的。

凶手正要逃跑时，被保安抓到了。

令警方不可思议的是，凶手的身上找不到任何凶器，而休息室里也找不到类似刀子的东西。

有人推测凶器可能被凶手丢到楼下去了。但经过调查后，得知窗下有几名女职工一直坐在那里，而且她们还证实窗子一直是关着的。

那么，这名凶手究竟是用什么凶器作案的？凶器又在何处呢？

推理揭秘

凶器就是玻璃碎片。凶手割破了总经理的喉管后，将血迹擦掉，然后把玻璃碎片沉进金鱼缸内。透明的玻璃放在水中，是不容易被人发现的。

妙计夺机

静 松

某国研究出一种最新型喷气战斗机，这种战斗机威力巨大，是一种十分先进的武器。

但是，这件事被敌国的间谍知道后，暗中收买了一个高级驾驶员，将这架飞机偷偷地驾走送给敌国去了。

国防部对飞机被盗事件十分紧张，立即派出本国最出色的间谍费加，要求费加潜入敌国，一定要把飞机驾回本国来。

费加真有办法，他顺利地打探到藏飞机的地方，并且乘人不备，偷偷地潜上飞机，然后突然把飞机驾走。可是，当他在驶返回国的途中，发现飞机已经没有汽油了，他被迫降落在一个荒芜的山村，这个山村非常落后，连电都没有，村民们都是点煤油灯照明的。村子里没有一辆汽车和拖拉机，只有马车。费加该怎么办呢？请你快给他想想办法吧！

推理揭秘

尽管落后的村子没有供飞机飞行的汽油，但是村民们用来点灯的煤油也一样可以使飞机飞行，所以只要给飞机灌进煤油就可以了。

美发小姐

佚 名

居住在郊区一幢住宅内的丽娜小姐，早上被人发现死在寓所内。

根据法医检验，死者是被人用细绳类的东西勒死的，但找遍整个住宅，却没有发现类似的凶器，警察相信是凶手杀人后将凶器带走了。

但其中一名警察，无意中看到墙上挂着一张奖状，知道死者原来是该市竞选出的美发小姐，警察看了一眼死者又黑又长的头发，带着惋惜的口吻说："唉！这样一个年轻貌美的女孩儿，这么早就结束了生命，多可惜啊！"

忽然，这名警察大叫一声："我知道凶器在哪里了！"

聪明的读者，你也知道了吗？

推理揭秘

勒毙丽娜小姐的凶器，就是她自己的长发。残暴的凶手将丽娜小姐的一束头发缠绕在她脖子上并将她勒死，然后再把头发弄散，凶器自然难以被大家发现。

车号是多少

雪 翠

一天早晨，在A省的320国道上发生一起车祸。一名小学生被一辆超速行驶的汽车撞得在空中翻了半圈，司机紧急刹车之后，停了下来，但又马上加速逃走了。

刚好路过的警察看到了这起交通事故，警察立即跑过去，扶起那名小学生。可这名小学生却没有受半点伤，而且他非常清楚地告诉警察，逃逸车辆的车号是："8619。"

警方立即对这辆车开始调查，要逮捕肇事者，却发现这个号码的汽车却有不在场的证明。这使大家都糊涂了，于是案情又陷入了僵局。

肇事后逃走的汽车车号究竟是多少呢？

推理揭秘

肇事汽车的车牌号应该是6198。我们可以进行这样的推理：被车撞了的那个小学生，由于被弹在了半空中，因此他所看到的肇事汽车的车牌号码应该是上下颠倒的。

电话号码之谜

秋　旋

　　某国反间谍人员彼得，受命跟踪潜入本国的某国间谍。彼得的任务是要查出这个间谍和谁接头。跟踪了几天，都没发现线索。一天，彼得见到该间谍走入一个公用电话亭内，准备打（数字转盘电话）。彼得相信，他要用电话和同伙联络，如果能够得到这个间谍的联络电话号码，将是一条十分重要的线索。

　　于是，彼得立即装成也要打电话的样子，站在电话亭外等候，并乘机向内张望，可是，这个间谍也十分机警，他用自己的身体遮住电话盘，使外面的人无法看到他打的号码。彼得在亭外虽然看不到拨电话，但是可以听到拨电话的声音，于是立即用录音机录下。请问根据彼得录下的声音，能查出电话号码吗？

推理揭秘

　　我们知道，数字转盘电话在拨不同的号码时所需要转动的距离是不同的，只要根据数字盘转动声音的长短，自己再计时做试验，就可以推断出电话号码来。

酒徒之死

雅　枫

　　张三是个有名的酒徒，经常酒后与人发生争执，因此，左邻右舍对他避而远之，亦有人恨之入骨。

　　一天早晨8时许，他被人发现倒毙在房中地上。

　　警方接到房东报案后，立即赶到现场。房中除了张三的尸体外，在桌上有一瓶喝了一半的啤酒和一杯满是泡沫的啤酒。

　　警察向房东录取口供，房东神情恍惚地说："今晨3时许，我正在睡梦中，似乎听见张三的房间传来争吵声，后来又传来打斗声，但我因太疲倦，也没再理会，早晨起来才发现他死了。"

　　警察听罢供词，再观看现场情况后，随即严厉地对房东说："你作假口供！"

　　在警察拿出证据后，房东终于承认，刚才向张三索要欠下的房租，二人发生争执，一时气愤而将他杀死。

　　那么，警察依凭什么线索，证明房东是在说谎呢？

推理 揭秘

　　警察拆穿房东谎言的依据就在那杯满是泡沫的啤酒上。如果如房东所说的，张三是在凌晨3时死亡，时间已经过去了那么久，啤酒上面是不应该留有泡沫的。

巧妙渡河

沛 南

第二次世界大战时，费尔夫少校和他的两名工兵在非洲遇到过这样一个难题。

他们急于渡过一条十几米宽的河面，河水十分平缓，河中有很多凶恶的鳄鱼，不能游过去，河上也没有桥。唯一的办法是利用岸边的一只小船，但是小船没有船桨，用手划水会被鳄鱼把手咬掉，附近除了河滩上有一堆堆的石头，找不到木棍之类的东西，也不敢用枪打断一根树枝，那样会把追兵吸引过来。

不过，费尔夫和他的士兵终于很快就用船渡过了这条小河。他们用的是什么办法呢？

推理揭秘

把河岸上的石头装在船上，三人用力往后丢石头。用力丢石头时，脚会产生反作用力，使船慢慢向前推进。当然这是在水流缓和时才能进行的。

间谍小说家的离奇死亡

佚 名

专门写间谍小说的作家A，喜欢在旧仓库里的烛光下写小说。

有天早晨，A被人发现死在那个仓库里，或许是他太迷恋小说的情节，精神过于紧张，才心脏麻痹猝死。死亡的时间是昨晚12时左右。

老练的警官在现场看到熄灭的蜡烛后，就一口咬定说："不，这决不是自然死亡，是凶手用特殊手段将他弄成心脏麻痹的样子。"

警官究竟是根据什么证据而说出这些话的呢？

推理揭秘

警官因为看到熄灭的蜡烛而断定小说家A不是自杀。如果A真是因为太沉湎于小说的情节，精神紧张，而导致心脏麻痹致死的话，第二天早晨发现尸体的时候，蜡烛应该还在继续燃烧或是烧尽了熄灭才对。

逃脱捕熊器

语 梅

一位老猎人孤独地住在大森林里。他本来是个强壮的汉子，因为几年前误踩到一个装有铁齿的捕熊器上，伤得很厉害，又因为是独自一人住在森林里，没能得到及时治疗，腿脚活动很不方便，他只能改为养蜂。熊是很喜欢吃蜂蜜的，所以老人在他的住房周围，挖了一道道陷阱，还装有捕熊器。

有一天，两个被通缉的逃犯跑到森林里来，正饥渴难熬时，发现了老猎人的房子。他们走近一看这位猎人正在装设陷阱。他们轻手轻脚地靠近后，其中一个飞起一脚，把老猎人踢到陷阱中，只听老猎人大叫一声，一条腿已经被捕熊器夹住了。两名逃犯很是高兴，以为老猎人这一下非伤即死，立即闯进房子里找寻吃的东西。当他们正得意忘形地喝酒吃肉时候，房门突然打开了，老猎人正手持猎枪对着他们。

请你们想想，老猎人为什么这么快就从捕熊器中脱逃出，并且抓住了逃犯呢？

推理 揭秘

老猎人曾被这种的捕熊器夹坏了腿，由于并未及时得到医治，已经不得不装上了替代用的假腿方便行动，而这次被夹住的恰好又是那条假腿，老猎人自然不会有事。

她的特征

千 萍

"丁零丁零"派出所的电话响了，值班员林风拿起电话，只听对方急促地说："我是燃料商店的售货员，刚才一位女顾客来买石油取暖用，我一时大意，给了她一罐汽油，这是很危险的……"由于紧张，对方话也讲不太清楚。但是，林风已清楚事态的严重性。

"喂，你认识那位顾客吗？"林风问。

"不认识，也没发现有什么特征。"对方回答。

好在这只是一个小镇，地方不大。警方马上采取紧急措施，开出警车，沿街进行广播，很快就把这一情况传遍小镇。但奇怪的是播了三个小时，也没有人回来换油。林风是很会动脑筋的人，他从广播声中得到启发："哦，我知道这个女顾客的特征了。"

知道了特征就容易找到人。请问，林风讲的那位顾客可能有什么特征？

推理揭秘

　　地方不大的小镇应该是在每个角落都可以听到广播的声音，但是过去了三个小时仍然没有找到那位女顾客，只能说明她是一名失聪的人。

敬　启

　　本书的编选参阅了一些期刊报纸和著作的文字以及图片，由于多种原因我们未能与部分入选文章和图片的作者（或译者）联系。敬请原作者（或译者）见到本书后，及时与我们联系，我们将按国家有关规定支付稿酬并赠送样书。

编 委 会

邮箱：chengchengtushu@sina.com